KEVIN HASSING

LEXIE

en PNEUMONOULTRAMICROSCOPICSILICOVOLCANOCONIO

Met illustraties van
Marieke ten Berge

Stichting Collectieve
Propaganda van het
Nederlandse Boek

Alsjeblieft, dit Kinderboekenweekgeschenk met extra grote letters krijg je cadeau van je boekverkoper.

Mede mogelijk gemaakt door Fonds XL en Vereniging Onbeperkt Lezen.

Een uitgave van Stichting CPNB ter gelegenheid van de Kinderboekenweek 2025.

Met dank aan dyslexie-experts Leoniek Janssen Steenberg en Tamara Vreeken voor hun waardevolle adviezen.

Omslagontwerp Marieke ten Berge/DPS Design & Prepress Studio
Opmaak binnenwerk ZetSpiegel, Best
Redactie uitgeverij Luitingh-Sijthoff bv, Amsterdam
Drukwerk Wilco, Amersfoort

Dit boek is gedrukt op 100 procent chloorvrij geproduceerd papier.

ISBN 978 94 6503 281 8
NUR 280

www.kevinhassing.com
www.lsuitgeverij.nl
www.kinderboekenweek.nl

@Kinderboekenweek
@Kinderboekenweek

DPG Media is partner van de Kinderboekenweek.

Liever luisteren?
Scan de QR-code
voor het luisterboek.

OPDRACHT

(VOOR WIE DIT BOEK IS OF IETS WAT JE MOET DOEN)

Voor wie lezen lastig vindt.
Of stom.
En voor wie van lezen houdt.
Voor iedereen dus.

POW
POW
POW

HOOFDSTUK 1

(EERSTE DEEL VAN EEN BOEK OF EEN STUK VAN EEN HOOFD)

'Ik houd mijn spreekbeurt over superhelden.'

De eerste zin kwam er goed uit. Dat komt omdat ik hem uit mijn hoofd heb geleerd. Nu de rest nog. De hele klas kijkt naar me.

'Superhelden bestaan al honderden jaren.' Ik moet nu toch echt op mijn blaadje kijken. 'Vroeger had je...' Wat staat daar ook alweer? Ik zou het moeten weten, want ik heb het zelf opgeschreven. 'Bijvoordeeld de Griekse helden.'

Er klinkt gegiechel.

Ik heb het niet goed gezegd. Niet verder over nadenken. Doorgaan. 'Eh, zoals Achilles. Die was onver... staanbaar.'

Ik hoor Philippe lachen.

'Onverslaanbaar.' Ja, dat was het. Ik kijk naar mijn beste vriend, Riff. Hij steekt twee duimen in de lucht, maar ik zie aan zijn gezicht dat hij er ook geen vertrouwen in heeft.

'Ga verder, Lexie,' zegt juf Juliëtte.

'Achilles was... onsterfelijk, omdat hij als baby was ongedompt in een heilige rivier.'

Meer lachende kinderen. Gefluister.

Ik kijk de klas niet meer in. Ik staar naar het blaadje. De woorden dansen. Dansen is leuk als je het zelf doet, niet als letters dat doen.

'Ondergedompeld,' helpt de juf me.

'Ja, dat. Hij werd vastgehouden aan zijn hiel. Dat stukje kwam niet in het water terecht. Daardoor werd zijn hiel zijn zakke plek.' Ik ben een letter vergeten, volgens mij.

'Zakke plek!' roept Kim.

Philippe staat op. Hij wijst naar zijn kruis. 'Dit is mijn zakke plek!'

De klas barst in lachen uit. Juf Juliëtte probeert iedereen stil te krijgen, maar dat lukt niet.

Ik krijg het warm. De randen van mijn blaadje zijn nat geworden van mijn zweterige handen.

Ik kijk naar de tekst. Ik moet nog zoveel voorlezen.

'Kom op, Lexicon!' roept Riff boven het gegier uit. 'Je kunt het.'

'Zakke plek, zakke plek!' roept Philippe nu.

'Zwakke plek!' roep ik hard.

De kinderen worden niet stil. Ze blijven maar lachen.

'Ik ben een held met een zakke plek! Raak me daar niet!' roept Philippe.

'Zwak!' schreeuw ik door het lokaal. Mijn stem is niet hard genoeg, mijn hoofd niet slim genoeg. Mijn mond is te droog en mijn hart klopt te snel.

'Zak erin,' zeg ik. Ik laat het blaadje vallen en ren het lokaal uit.

KAMPEREN

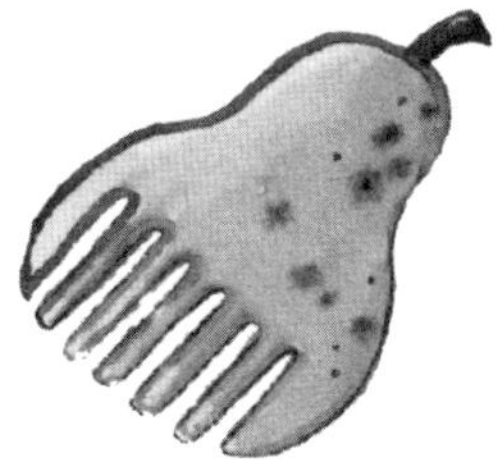

(SLAPEN IN DE OPENLUCHT OF PEREN IN DE VORM VAN EEN KAM)

'Jammer dat het bewolkt is,' zegt Riff. 'Nu kunnen we de sterren niet zien.'

'Ik hou van wolken,' zeg ik. 'Ze veranderen steeds. En je kunt erin zien wat je wilt.'

Riff en ik liggen op een matje in de achtertuin. Een uur geleden stond hij voor de deur met zijn tent. Hij kwam troost-tukken. Zo noemen we dat als je bij de ander blijft logeren als diegene dat nodig heeft. En ik heb het nodig. De hele middag heb ik gehuild om die afschuwelijke spreekbeurt. Mijn ouders wilden me troosten, maar ze zeiden precies de verkeerde dingen.

'Je had het gewoon beter moeten voorbereiden.'

'Laat je gewoon niet gek maken.'

'Je moet gewoon rustiger voorlezen.'

Gewoon, gewoon, gewoon. Ik ben niet gewoon, en de oplossing is dat al helemaal niet.

Riff en ik hebben de tent opgezet. Of eigenlijk heb ik dat gedaan. Ik keek naar de vorm van het zeil en de lengte van de stokken, en toen wist ik hoe het moest. Ik was al halverwege toen Riff nog de gebruiksaanwijzing (rotwoord) aan het lezen was.

Nu is het laat en zouden we eigenlijk in de tent moeten zijn, maar we hadden zin om in de openlucht te slapen. Dat slapen zouden we ook allang moeten doen, maar we raken niet uitgepraat. Heb ik altijd met Riff.

'Ik zie alleen wolken die sterren verstoppen,' zegt hij.

'Je moet anders kijken.' Ik wijs. 'Kijk, die wolk lijkt op een kameel, maar dan met één bult.'

'Een dromedaris?'

'Die, ja.' Ook een rotwoord.

'Kijk, daar!' roept Riff enthousiast. 'Een vliegtuig. Een 747.'

Riff weet alles over vliegtuigen. En de ruimtevaart. En computers.

'Misschien is het geen vliegtuig,' zeg ik. 'Misschien is het een superheld.'

Riff lacht. 'In jouw hoofd kan alles en iedereen een superheld zijn.'

'Klopt. Maar dat stipje lijkt verdacht veel op Iron Man.'

'Wie is Iron Man?'

Riff weet niets over superhelden.

'Dat wilde ik dus vandaag vertellen in de klas.' Ik zucht.

Hij draait zich naar me toe. 'Je mag het maandag weer proberen van de juf.'

Ik schrik van zijn woorden. Ik schrik wel vaker van woorden. 'Heeft ze dat gezegd?' Ik ga ook op mijn zij liggen. Mijn lange haar valt voor mijn gezicht. Ik blaas het weg.

'Yep. Aardig, hè?'

'Ik had eigenlijk gehoopt dat ze het zou laten zitten,' zeg ik.

'Je hebt nog het hele weekend om te oefenen.'

'Alsof dat zin heeft.'

Riff doet net of hij me niet heeft gehoord. 'Wat ging je nog meer vertellen?' vraagt hij. 'Zeg het maar tegen mij. Kun je het alvast een beetje uit je hoofd leren.'

Ik knik. Riff is de beste. 'Na Achilles wilde ik het over mijn favoriete superheld hebben.'

'Wie is dat?'

'Doctor Strange,' zeg ik.

'Vertel,' zegt Riff. Hij gaapt en doet zijn ogen dicht.

'Strange is fantastisch. Hij was ooit een echte dokter, maar toen kreeg hij een ongeluk. Zijn handen deden het niet meer. Daardoor kon hij zijn werk niet meer doen.'

'Hm-m.'

'Hij leerde over magische krachten en kon na lang oefenen zijn handen op een andere manier gebruiken. Nu kan hij ermee naar vreemde werelden. Naar van die...' Ik zoek naar het juiste woord.

'Dimensies?' vraagt Riff slaperig.

'Ja, dat.'

'Klinkt kraktoe-vet.'

'Ja. Doctor Strange is de slimste van allemaal. Zoals jij de slimste van de klas bent.'

'Nee, jij bent de slimste van de klas,' zegt Riff. Hij slaapt bijna.

Het laatste kon ik niet goed verstaan. Ik breng mijn gezicht dichter bij dat van hem. 'Wat zeg je?' vraag ik.

'Dat ben jij,' zegt hij. 'Jij bent de slimste.'

'Nee.' Ik ga weer op mijn rug liggen en kijk naar de hemel. 'Echt niet.'

Er trekken wat wolken weg. De sterren laten zich zien.

'Echt wel,' mompelt Riff.

Een lichtflits trekt mijn aandacht. 'Weer een vliegtuig!' roep ik.

Riff reageert niet.

Ik kom overeind en knijp mijn ogen samen. 'Nee. Dat is het niet. Het is... Kleine krakzakken, Riff!' Ik schud aan zijn schouder.

'Wat?' vraagt hij knorrig.

'Een vallende ster!'

'Maak je me daarvoor wakker?'

'Dat is toch bijzonder?'

'Welnee.' Hij doet zijn ogen weer dicht. 'Er komen elk uur wel tien meteoren voorbij. Alleen zie je de meeste niet.'

Ik ga staan. 'Dan mag je een wens doen, toch? Als je een mete... Als je een vallende ster ziet?'

Riff draait zich weer om. 'Ja, hoor. Doe maar een wens. Wens je kapot, als je mij maar laat slapen.'

Ik speur de hemel af tot ik weer een lichtflits zie. Ik sluit mijn ogen en zoek de juiste woorden in mijn hoofd.

WOORDEN BESTAAN GEEN
ER LASTIGE MEER
WENS IK DAT

De woorden dansen. Ze schieten naar voren. Ze kruipen naar achteren. En dan maken ze een zin. Een zin die past bij het filmpje in mijn hoofd.

IK WENS DAT ER GEEN LASTIGE WOORDEN MEER BESTAAN.

Voordat de vallende ster uit het zicht verdwijnt, voeg ik er nog snel iets aan toe.

IN MIJN KLAS.

LETTERLIJK

(IETS WAT ECHT ZO IS OF EEN DODE LETTER)

Slapen in de tuin leest leuk, maar het is vreselijk. Ik lag niet lekker en schrok van elk vreemd geluidje. Gelukkig is de zon op als ik voor de laatste keer mijn ogen opendoe. Riff is druk bezig de tent op te ruimen. Ik kom kreunend overeind.

'Goedemorgen, zonnestraaltje,' zegt mijn beste vriend grijnzend.

'Hou je mond. Ik heb bijna niet geslapen.' Ik sta op en rek me uit. 'En toen ik wel sliep, heb ik heel bizar gedroomd.'

'Ik ook. Ik droomde dat we eindelijk voor het eerst kusten.'

Nu lach ik. 'Ja, mocht je willen,' zeg ik. Iedereen denkt dat wij verkering hebben, wat een raar woord is voor twee mensen die elkaar leuk vinden. Ik vind Riff leuk, maar niet op die manier. Hij is meer een broertje voor me. Verliefd worden op je broertje is wel verkeerd. Een verkeerd ding. Verkeerdding.

'Was vast een mooie droom,' zeg ik.

'Nee, het was letterlijk een nachtmerrie. Ik was blij dat ik wakker werd.'

'Zo gebruik je dat woord niet,' zeg ik.
'Nachtmerrie?'
'Nee, het woord "letterlijk". Iedereen gebruikt dat woord de hele tijd verkeerd.'
Riff vouwt de tent op. 'Hoe gebruik je het dan wel?'
'Nou, kijk,' zeg ik. 'Een letterlijke nachtmerrie is een vrouwtjespaard dat alleen 's nachts is te zien, bijvoorbeeld.'
Ik zie dat Riff me niet snapt. 'Waar heb jij over gedroomd, Lexicon?' vraagt hij.
Zo noemt hij me vaak. 'Lexicon' betekent 'woordenboek'. Riff weet dat ik lezen lastig vind. Dit is zijn soort humor. Rotbroertjeshumor.
'Ik droomde dat ik mijn spreekbeurt weer moest doen,' zeg ik.
'O.' Riff stopt met inpakken en kijkt me aan. 'Ook een nachtmerrie, zeker?'
'Nee, gek genoeg niet.' Ik pluk wat gras uit mijn haar. 'De woorden kwamen als vanzelf uit mijn mond.'
'Dat was vast een voorspellende droom,' zegt Riff. Hij klopt wat aarde van mijn trui.
'Ik denk het niet.'
'Ik help je met je spreekbeurt.'
Ik knik.
'Eerst deze dag nog overleven.' Riff loopt naar ons huis.
'Yep,' zeg ik. Overleven, dat zegt hij goed. Het is vrijdag en dat is een horrordag. Juf Juliëtte sluit de week altijd af met iets heel stoms. Iets met een rotwoord. Iets wat over woorden gaat.

Geen dunne koffie. Maar dikke thee.
Dictee.

WEG

(DE STRAAT OF IETS WAT VERDWENEN IS)

Ik schrik als ik het klaslokaal binnenstap. Dit kan niet goed zijn. Dit kan niet kloppen. Wat de krak is er aan de hand?

Mijn klasgenoten zitten op stoelen, maar er zijn geen tafeltjes.

Ze kijken naar voren, maar er hangt geen digibord aan de muur.

Het lokaal heeft muren, maar er zijn geen ramen. Grote, gapende gaten laten de wind binnen.

Er staat iemand voor de klas, maar het is niet juf Juliëtte. Het is meester Bram van groep 3.

'Ga snel zitten, Lexie,' zegt hij. Hij wijst naar een lege stoel.

Riff botst tegen me op.

'Zie je dat ook?' vraag ik hem.

'Ja,' zegt Riff. 'Je staat in de weg.'

'Riff, ga jij ook naar je plek?' vraagt meester Bram, maar het was geen vraag.

De andere kinderen kijken verbaasd rond, alsof ze een moeilijke rekensom proberen op te lossen.

'Kom,' zegt Riff. Hij trekt me mee naar onze stoelen. We gaan zitten.

'Riff,' fluister ik. 'Wat is er aan de hand?'

'Wat bedoel je?'

'Het bord is weg. En de tafeltjes.'

'Vast weer bezuinigingen,' zegt hij, terwijl hij een schrift uit zijn tas haalt. 'Ze bezuinigen het onderwijs kapot.'

Ik schud mijn hoofd. 'Ik denk het niet. Waarom zou je het raam uit het lokaal halen?'

'Bezuinigingen,' zegt hij weer. 'En niet alleen het raam is weg. Het hele kozijn is eruit.'

Ik kijk rond terwijl de meester begint met zijn les. 'Eén plus één is...?' vraagt hij.

'Twee!' roepen mijn klasgenoten.

'Twee plus twee is...?'

'Vier!'

Er missen niet alleen spullen, ook sommige kinderen zijn weg. Ik weet precies wie waar zit, dus ik zie meteen wie er ontbreken. 'Philippe en Rozemarijn zijn er niet,' zeg ik tegen Riff.

'Tja,' zegt hij. 'Leerlingen zijn kraktoe-duur. Wegbezuinigd.'

In mijn hoofd probeer ik dit probleem op te lossen. Ik maak een filmpje van alles wat er ontbreekt. Met beelden, niet met woorden.

Digibord.

Juf Juliëtte.

Philippe.

Rozemarijn.

Raamkozijn.

Tafeltjes.

'O nee,' fluister ik, terwijl de oplossing helder wordt. 'Riff!' schreeuw ik.

Iedereen kijkt naar me terwijl de film in mijn hoofd een zin wordt: 'Er zijn lastige woorden verdwenen!'

GEFELICITEERD

(ROTWOORD)

Ik heb de hele dag gedaan alsof er niets aan de hand was. Maar er was heel veel aan de hand. Er verdween nog meer. Dingen met lastige namen.

Als de bel gaat, gooi ik mijn spullen in mijn tas. Ik pak Riffs hand en trek hem mee het lokaal uit. Ik hoor de leerlingen over me smoezen, maar voor het eerst kan het me niks schelen.

Eenmaal op de gang begin ik te rennen. Riff rent achter me aan. Ik kijk door het raam van het lokaal van groep 6. Leeg. We gaan naar binnen en ik doe de deur dicht.

'Gaan we eindelijk kussen?' vraagt Riff.

'Kijk.' Ik wijs in het rond. 'Digibord, tafeltjes en raamdinges...'

'Kozijn,' vult Riff aan.

'Hier is alles nog. Bij ons niet. Er zijn een hoop lastige woorden uit ons lokaal verdwenen. Niet alleen spullen, ook mensen. Philippe en Rozemarijn zijn er niet. En juf Juliëtte is vervangen door meester Bram.'

Riff gaat op een tafel zitten. 'Tja, stomme bezuinigingen.'

'Nee!' roep ik. 'Dit is mijn schuld!'

Riff kijkt verbaasd.

'Toen we gisteren die vallende ster zagen, heb ik een wens gedaan.'

'Zoenen met Riff?'

'Luister nou even naar me! Ik heb gewenst dat er geen lastige woorden meer bestaan. In onze klas.'

'O. Dan is je wens uitgekomen.'

'Ja!' roep ik.

'Gefeliciteerd.' Riff springt van de tafel en wil weggaan.

'Waar ga je heen?'

'Lunchen. Ik heb kraktoe-honger. Frikandelbroodje, ik kom eraan.'

Ik loop naar Riff toe en pak hem bij zijn schouders. 'Luister nou even. Dit is toch niet normaal? Dit kan toch niet?'

'Maar dit wilde je toch?' vraagt Riff.

'Ja,' zeg ik hardop. Maar ik denk: is dat echt zo?

'Waarom eigenlijk?' vraagt Riff.

'Waarom wat?'

'Waarom wil je geen lastige woorden meer in de klas?'

'Omdat ik dan ook slim ben. In plaats van...'

'De domste.'

'Ja.'

'En dat ben je nu,' zegt Riff. 'Slim. Dus serieus, geniet ervan.'

Ik maak een filmpje in mijn hoofd. Ik zie mezelf naast de meester staan, vooraan in de klas. Iedereen kijkt naar me terwijl ik mijn spreekbeurt houd.

Die rolt vloeiend mijn mond uit. Het is de beste spreekbeurt ooit. De kinderen kijken me met open mond aan. Ik word groter en groter. Eindelijk zien ze dat ik heel erg slim ben.

Het is een mooi beeld.

Toch vraag ik me af of ik er blij mee moet zijn.

VOORDELEN

(GOEDE DINGEN OF WAT JE VÓÓR HET DELEN DOET)

Meester Bram legt uit hoe het heelal is ontstaan. Hij gebruikt alleen makkelijke woorden. Daardoor is het een raar verhaal.

'Eerst was er niets. Toen een knal. Toen alles.'

De kinderen knikken, maar volgens mij snappen ze er ook weinig van. Vik kijkt om zich heen, alsof hij nog steeds probeert te bedenken waarom er van alles mist in de klas.

Ik kijk naar een papiertje op mijn schoot. Ik heb een lijst gemaakt met twee rijen. Het duurde heel lang, want het staat vol met lastige woorden. Ze waren nog moeilijker om te schrijven dan normaal. Er staan vast veel fouten in.

VOORDELUN WENS
1 geen dike te
2 geen Filip
3 geen lastige woorden, dus ik ben niet meer de domste van de klas

NADELUN WENS
1 geen digidort
2 geen raamkoseinen (wel veel wind)
3 geen Rosemarein (aardig meisje)
4 geen juf Julijet (meester Bram is saai)
5 geen tafeltjes (schrijven op je schoot is niet te doen)
6 geen liniaal

Er zijn meer nadelen dan voordelen. En van het grootste voordeel (nummer 3) heb ik nog niets gemerkt.

Wacht, niemand weet dat ik nu ook slim ben! Niemand weet dat ik net zoveel kan zeggen, schrijven en lezen als de rest. Dat moet ik laten zien. En ik weet ook al hoe: ik moet meester Bram helpen bij zijn uitleg.

Het ontstaan van het heelal is te verklaren met een lastig woord. En dankzij Riff weet ik welk woord dat is. (Ik kreeg een keer bijles van hem, om beter te leren schrijven en lezen. Het heeft niet geholpen.) Ik moet dat woord zeggen. Dat woord dat alleen slimme mensen kunnen uitspreken. Mensen zoals ik.

Mijn vinger schiet de lucht in.

'Ja, Lexie?' vraagt meester Bram.

'Wat u uitlegt weten we door de...'

Niks. Mijn hoofd is leeg. Mijn mond blijft woordloos.

'Ja?'

'Door de...'

'Ja?'

'Iets met een r.'

'Iets met een r?'

Gegiechel.

Ik weet het woord niet, maar ik zie het wel. Als beelden in mijn hoofd.

Iedereen kijkt naar me. Ik krijg het warm. 'De... re...' Meer komt er niet. Dit is mijn ergste nachtmerrie.

'Vandaag nog, Lexie,' zegt meester Bram ongeduldig.

'Re... la...' Elke lettergreep komt er zo traag uit dat ik bang ben dat ik flauwval.

Er valt een druppel zweet van mijn voorhoofd op mijn neus. Mijn benen wiebelen en ik knijp mijn lijst met voor- en nadelen samen in mijn vuist.

'Tie...'

Gelach. Gefluister. Gekreun.

Ik trek het niet meer. Ik spring op en ren het lokaal uit. Zodra ik de drempel over ben, komt het woord er hard en helder uit: 'Relativiteitstheorie!'

Maar niemand hoort me.

Het is leeg op de gang, en in het lokaal lachen ze te hard.

Ik veeg met mijn mouw mijn voorhoofd droog en ga op de grond tegen de muur zitten. Mijn hand ontspant en het papiertje valt op de vloer. Ik kijk naar de twee rijen. Er kan een nadeel bij: ik ben nog steeds de domste van de klas.

SPIJT

(IETS WILLEN TERUGDRAAIEN)

Ik praat nooit meer. Ik was er al geen fan van, nu ben ik er doodsbang voor. Ik lig in de tuin en kijk naar de lucht. Ik wil verdwijnen tussen de sterren. Er is daar zoveel ruimte. Letterlijk. Er is vast plek voor een kind dat zich kapot schaamt.

Ik had iets anders moeten wensen. Geld. Langer zijn. Knapper worden. Meer vrienden. Die Iron Man-pop van tweeduizend euro. Alles behalve de stomme woorden die ik gisteren uitsprak.

IK WENS DAT ER GEEN LASTIGE WOORDEN MEER BESTAAN.
IN MIJN KLAS.

Ik zit de rest van het jaar in een tochtend lokaal zonder digibord en juf Juliëtte. Hoe kun je nou les krijgen zonder digibord? En juf Juliëtte is zo lief. Wás zo lief. Ik zie haar in mijn hoofd, maar het beeld is vervaagd. Ze is niet. Ze was. Waar is ze nu eigenlijk? Waar is iemand die niet meer *is*, maar *was*?

Ik hoor voetstappen achter me.

'Ik kom zo naar binnen, mam!' roep ik.
'Oké, lief Lexie-poppetje van me,' zegt een hoge piepstem. Dat is niet mijn moeder. Dat is Riff die mijn moeder nadoet. Heel slecht nadoet.
Hij komt naast me liggen. 'Gaat het weer een beetje?' vraagt hij.
Ik draai me van hem weg.
'Lexicon?'
Ik kijk naar het gras. Het lijkt grijs door het maanlicht.
'Praat je niet meer?' vraagt Riff.
'Nee.'
'Mislukt.'
'Krakzooi.'
'Kijk,' zegt Riff. 'Het is een heldere nacht. We kunnen de sterren zien.'
Ik ga op mijn rug liggen. Mijn pink raakt de pink van Riff. Net niet zichtbaar, net wel voelbaar.
Een tijdje kijken we naar de vele lichtpuntjes in de lucht. Naast me ligt ook een lichtpuntje. Nu Riff er is, ben ik iets minder in de war.
'Ik heb spijt,' zeg ik zachtjes.
'Van wat?'
'Van mijn wens.'
'Waarom?'
'Ik vind er geen bal aan zonder lastige woorden.'
'Ja, het is koud zonder ramen.'
'Dat niet alleen.' Ik trek het papiertje uit mijn zak.
Riff pakt zijn telefoon en zet de zaklamp aan. Hij schijnt ermee op de lijst. 'Meer nadelen dan voordelen,' zegt hij. 'Dat is wel duidelijk.'

Wat lezen de meeste mensen toch onmenselijk snel.

'Yep,' zeg ik zachtjes. 'Wil je me helpen?'

'Tuurlijk.' Riff vraagt niet wat hij moet doen, hij doet het gewoon. Dat is altijd met Riff. Hij begint te typen op zijn telefoon. Het blauwe licht schijnt op zijn gezicht. Zijn ogen gaan alle kanten op terwijl hij zoekt en leest.

'O wauw,' zegt hij opeens.

'O wauw, wat?'

'Je bent niet de enige die spijt heeft van een vallende-sterwens.'

'O, wauw.'

'Ik vind allemaal artikelen van mensen die hetzelfde hebben meegemaakt.'

'Serieus?'

'Ja.'

'Wat voor wensen hadden zij?' vraag ik. Ik kom half overeind.

Riff leest voor. 'Meisje uit Aaldam wenst dat broertje verandert in varken. Vrouw wenst nooit meer af te wassen en zit met stapels smerige borden en glazen. Man wenst een actieve vrouw, maar zit weken later aan het zuurstof.'

'Wat betekent een actieve vrouw?' vraag ik.

'Geen idee. Er staan foto's bij.' Hij laat een vrouw met blond haar en grote borsten zien.

'Zo actief ziet ze er niet uit,' zeg ik. 'Staat er overal een foto bij?'

'Ja,' zegt Riff. Hij scrolt terug. Een varkentje in de handen van een verdrietig meisje, een keuken die zo smerig is dat er ratten doorheen lopen en dan een foto van een gigantisch huis.

'Wacht! Dat huis ken ik!'

Riff leest voor wat erbij staat. 'Man heeft spijt van gewenste miljoenen. Stanley Vaanholt is steenrijk, maar diepongelukkig. Een jaar geleden zag hij tijdens zijn werk een vallende ster. "Ik deed een wens en een dag later stond er heel veel geld op mijn bankrekening," beweert Vaanholt.'

'Wauw...'

'Dikke wauw,' zegt Riff. Dan gaat hij door met voorlezen. '"Ik heb elke dag spijt. Ik had mijn wens moeten terugdraaien toen het nog kon." Wat hij daar precies mee bedoelt, wil de multimiljonair niet vertellen.'

'Terugdraaien?' vraag ik. 'Kan dat?' Ik voel een sprankje hoop in mijn hopeloze lijf.

Riff haalt zijn schouders op. 'Geen idee, maar het zou mooi zijn. Die Stanley Vaanholt weet daar blijkbaar meer over.'

'Dan moeten we naar hem toe.' Ik spring overeind. Iets te snel. Ik zie sterretjes, in de lucht én in mijn hoofd.

'Weet je waar dat huis woont?' vraagt Riff.

Ik kijk hem aan met een frons. 'Lelijke taal.'

'Sorry. Weet jij waar dat huis staat?'

'Ja. Wacht even.' Ik doe mijn ogen dicht. Er komen beelden omhoog van een wandeling met mijn ouders in het bos. Ik zie een pad, een ander pad, dan het grote huis. 'Ja. Diep in het bos, buiten het dorp.'

'Ben je er ooit geweest?'

'Ik ben er een keertje langsgelopen.'
'En je hebt onthouden waar het staat?'
'Ja, ik denk het wel.'
'Driedubbeldikke wauw,' zegt Riff. 'Met kraksaus.' Dan gaat hij ook staan. 'Waar wachten we nog op?'
'Op niks,' zeg ik. Maar het antwoord is niet: niks. Het antwoord is: moed.
Moed als in dapperheid. Want 's avonds door een donker bos lopen op zoek naar een groot griezelig huis, daar heb je moed voor nodig.
Maar ook moet als in moeten. Want dit moet.

SPEAKER

(IETS WAAR GELUID UIT KOMT OF IEMAND DIE AFKIJKT)

Toen ik genoeg moed had, gingen we. Via de route die ik in mijn hoofd zag. Het bos in, het pad op, daarna een ander pad. En toen was daar inderdaad een muur. En achter die muur het huis. En in dat huis de man die ons hopelijk kan helpen.

In de muur zit een grote poort. Daar staan we nu voor. Er schijnen spotjes op ons. Zo zijn we in dit donkere bos heel erg zichtbaar.

'En nu?' vraagt Riff.

'Nu zoeken we een bel,' zeg ik.

Maar dat is niet nodig. Uit een kleine speaker klinkt een krakerige stem. 'Wie zijn jullie?'

'Riff en Lexie,' zegt Riff. 'We komen voor Stanley Vaanholt.'

'Wat moeten jullie van hem?'

'Eh...' Riff stoot me aan. 'Jij, Lexicon,' fluistert hij.

'Ik?! Ik ben slecht in woorden, wat moet ik zeggen?' fluister ik terug.

'Je bent niet slecht in woorden. Je leest alleen waardeloos.'

'Dank je.'

'Vertel het hem gewoon!'

Daar heb je dat woord weer. Gewoon. 'Hem wat vertellen?'

'De waarheid,' zegt Riff.

'Hallo?' vraagt de mannenstem.

Ik buig me naar de speaker. 'Hallo. Ik ben Lexie. Ik woon in het dorp. En ik heb een wens gedaan. Gisteravond. Toen ik een vallende ster zag. Daar heb ik nu spijt van. Ik wil de wens graag terugdraaien.'

Stilte.

Ik kijk Riff aan.

Hij steekt twee duimen op. Hij glimlacht. Maar ik ken deze lach. Het is dezelfde lach als tijdens mijn stuitend slechte spreekbeurt.

Er klinkt een harde klik. We schrikken er allebei van.

Dan een knerpend geluid. Het hek gaat langzaam open. De brede weg die naar het huis leidt, wordt plots verlicht door tientallen spotjes die in het gras staan.

'Krak-allemachtig,' zegt Riff. 'Lekker bezig.'

'Ja,' zeg ik.

Hij loopt langs me en geeft me een zachte por. 'Slecht met woorden, zegt ze. Gek kind.' Dan loopt hij de oprijlaan op, die naar het grote huis leidt.

Het huis is gigantisch. Statig. Ooit moet het wit zijn geweest. Het doet me denken aan het huis van de president van Amerika. Het Witte Huis. Dat is nog eens een fijne naam. In mijn hoofd zie ik een groot wit huis, precies zoals de naam zegt.

Riff gaat een brede trap op en loopt naar de voordeur. Ik volg hem op de voet. Hij wil aankloppen, maar net op dat moment gaat de deur open.

'Doodeng dit,' zegt Riff.

Ik geef de deur een duwtje en kijk dan een grote hal in. Er is niemand te zien. 'Ik denk dat we naar binnen mogen gaan,' zeg ik. Ik stap over de drempel. Het huis is nog groter dan het vanbuiten lijkt.

'Holy-krakkemolie,' hoor ik Riff zeggen. Ik draai me om. Hij wijst naar een gigantische ruimte.

We lopen er samen naar binnen. Tegen de hoge wanden staan talloze kasten vol met boeken. Er is een open haard met een brandend vuurtje. In het midden staan twee grote stoelen. Een daarvan is gevuld met een oude man. Hij draagt een badjas. Zijn benen zijn over elkaar geslagen en in zijn hand heeft hij...

'Een wapen!' roept Riff. Hij duikt achter me.

'Lafaard,' zeg ik zachtjes. Ik doe mijn handen omhoog.

'Welkom,' zegt de man. 'In Villa Vaanholt.'

ACHTERGROND

(MEER INFORMATIE OF WAT JE ACHTER GROND VINDT)

'Bedankt,' zeg ik. 'Wat een warm welkom.'

'Zonder open haard wordt het hier steenkoud,' zegt de man. Hij heeft een grote grijze snor en best veel haar voor iemand die zo kraktoe-oud is.

'Ik heb het over dat ding.' Ik knik naar het wapen in zijn hand.

'O, sorry. Voorzorgsmaatregel. Kan geen kwaad, hoor. Het is een pistool zonder kogels.' Hij richt het wapen op een standbeeld van een blote man in de hoek van de ruimte. Dan schiet hij. Er klinkt geen BAM! of KNAL!, maar POEF!. Het beeld wiebelt even en valt dan op de grond. Er breekt een arm van af.

'Vet,' zegt Riff. 'Gecomprimeerde luchtdruk?' vraagt hij.

'Ja. Maar niet veel. Niet gevaarlijk voor mensen. Zelf ontworpen.'

'Wat de krak. Mag ik het eens vasthouden?' Riff loopt naar Stanley.

'Ja, hoor.' De man geeft Riff doodleuk zijn wapen.

'Kraktoe-vet, man.'

'Wat is kraktoe?' vraagt Stanley.

'Krak is een woord dat we vaak gebruiken,' zeg ik. 'In plaats van heel of super.'

'Dit is letterlijk het vetste ding dat ik ooit heb gezien,' zegt Riff. Hij laat het pistool door zijn handen gaan.

'Het woord letterlijk gebruiken we ook vaak,' zeg ik. 'Te vaak.'

'En niet correct,' zegt Stanley. Hij lacht. De lach gaat over in een kuch en de kuch wordt een hoest.

Riff richt het wapen op een van de vele boeken-kasten.

Ik schrik. 'Riff! Niet doen!'

'Laat hem maar,' zegt Stanley. Hij schraapt zijn keel. 'Ik heb de boeken in die kast toch al uit. Schiet maar, jongen.'

Dat laat Riff zich geen twee keer zeggen. POEF! Er vliegen wat boeken van een plank.

'Ik wil 'm!' roept Riff enthousiast.

'Prima,' zegt Stanley. Dan kijkt hij mij weer aan. 'Maar ik neem aan dat jullie niet gekomen zijn voor een net-niet-gevaarlijk wapen.' Hij knipoogt.

'Nee,' zeg ik. 'Ik heb een groot probleem.' De zwaarte van de wens zakt weer op mijn schouders.

Stanley ziet dat en zegt: 'Ga zitten en vertel me alles.'

Ik ga zitten en vertel hem alles. Eerst wat over mezelf. Hoe oud ik ben en waar ik woon. Dat ik graag teken. En gek ben op superhelden.

'Wie is je lievelings?' vraagt hij. Zijn ogen glimmen. Hij lijkt ineens niet meer zo oud.

'Doctor Strange,' zeg ik.

'Snap ik. Doordat hem iets niet meer lukt, ontdekt hij wat hij wél kan.'

'Ja!' zeg ik enthousiast. 'En hij kan naar andere werelden toe.'

'Zou jij dat ook willen?'

'Heel vaak,' zeg ik zachtjes. Ik denk aan de keren dat ik naar een andere plek had willen verdwijnen.

Als ik op school ben.

Als ik iets moet voorlezen.

Als ik überhaupt (rotwoord) moet lezen.

En al helemaal als ik op school iets moet voorlezen. Dan wil ik drie keer zo hard naar een andere wereld.

Ik kijk Stanley weer aan. 'Houdt u ook van superhelden?'

'Iets te veel,' zegt hij. 'Maar zeg alsjeblieft je. Vertel verder.'

Dat doe ik. Ik vertel over lastige woorden. Over de vallende ster en de wens. Over de dag erna. Het halflege lokaal en mijn poging om een lastig woord uit te spreken.

Als ik klaar ben, knikt hij. 'Ik kan je helpen.'

'Hoe?' vraag ik.

'Eerst zal ik je mijn verhaal vertellen.'

'Oké.'

Riff komt naast me zitten.

'Ik hoop dat jullie van lange verhalen houden,' zegt Stanley.

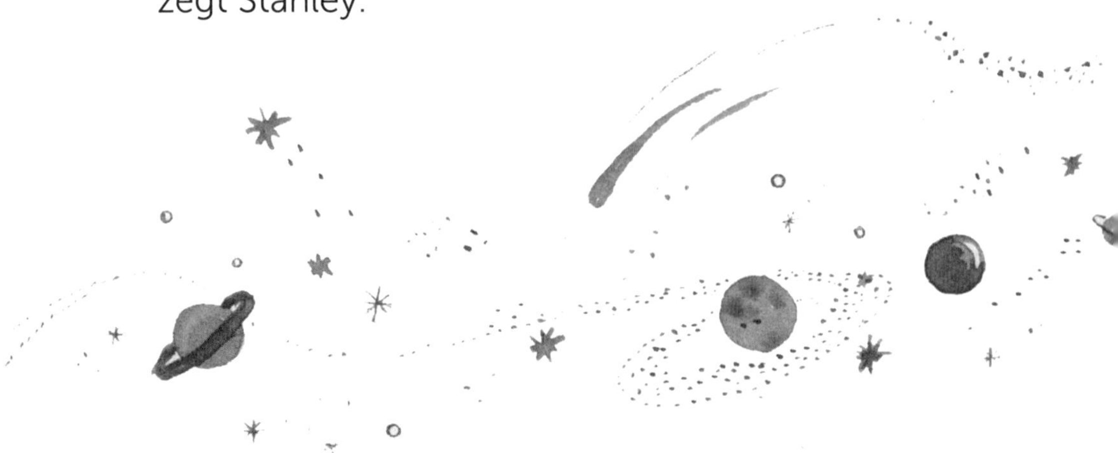

VERHALEN

(EEN VERTELLING OF IETS VAN VER HALEN)

'Ik ben gek op verhalen,' zeg ik. 'Zeker als ze verteld worden. Dan zie ik het in mijn hoofd.'

'Doe je ogen dicht,' zegt Stanley. 'Maak maar een filmpje in je hoofd terwijl ik vertel.'

Ik sluit mijn ogen.

'Ik ben nu 67 jaar oud en ik ben nog nooit zo ongelukkig geweest. Een jaar geleden had ik alles: een huisje, een vrouw, vrienden, een baan. Ik werkte als onderzoeker in het planetarium.'

Riff springt overeind. 'Serieus?!'

'Een plane-wattes?' vraag ik.

Stanley haalt adem en wil dan iets zeggen, maar Riff is hem voor. 'De hemel voor sterrenkundigen!'

'Ja,' zegt Stanley lachend. 'Letterlijk. Een plek waar je de hemel kunt zien. En kunt afspeuren.'

'Zo gebruik je het woord "letterlijk",' zeg ik tegen Riff.

Maar Riff negeert mij. 'Wat een kraktoe-vette baan. Ik ben gek op het heelal en de ruimtevaart!'

Stanley kijkt naar zijn badjas en veegt een stofje weg. 'Ja. Dat was zeker een kraktoe-vette baan.

Wist ik dat toen maar. Ik had alles wat een mens nodig heeft. Maar zoals de meeste mensen wilde ik meer. Toen ik op een nacht door de telescoop een vallende ster zag, deed ik een wens: ik wil multimiljonair worden. De volgende dag moest ik een rekening betalen. Ik opende de betaalapp en wist niet wat ik zag.'

'Wat zag je?' vraagt Riff gretig.

'Er stond tien miljoen euro op mijn bankrekening.'

Ik ben afgeleid door het laatste woord. Bankrekening. Klinkt alsof je geld moet betalen om op een bank te zitten. Ik zit nu op een stoel. Stoelrekening.

'En toen?' vraagt Riff. 'Wat deed je toen?'

'Ik nam ontslag en kocht deze villa.' Hij kijkt rond. 'Alles was zoals ik wilde. Een groot huis, een mooie auto, ik hoefde niet meer te werken, en had al het geld van de wereld.'

Riff gaat op het puntje van de stoel zitten. 'En toen ging alles gruwelijk mis, zeker?'

'Ja.'

'Wat gebeurde er dan?' vraag ik voorzichtig.

'Zonder werk had ik weinig te doen. Ik ging me vervelen. Van vervelen word je vervelend.'

Ik knik.

'Ik veranderde. Ik was vaker boos en zelden tevreden. Mijn vrouw en ik gingen uit elkaar en ze verliet de villa. Toen was het hier opeens heel stil. Ik nodigde vrienden uit. Mensen van wie ik hield. Maar ze wilden mijn vriendschap niet.'

'Ze wilden je doekoe!' roept Riff.

'Wat is dat?' vraagt Stanley.

'Geld,' zeg ik.

'Ja,' zegt Stanley treurig. 'Mijn doekoe. Steeds meer, steeds vaker. Ik liet ze niet meer binnen. Mijn vrouw spreek ik niet meer. En nu wil ik mijn baan terug. Ik wil van dit huis af. Ik wil van mijn geld af.'

'Eeeeeeeeeehm,' zegt Riff, 'daar kan ik je wel mee helpen.' Hij legt zijn handen onder zijn gezicht en knippert schattig.

'Jongen.' Stanley buigt naar voren en kijkt Riff streng aan. 'Dat wil je niet. Geld krijgen zonder er iets voor te doen is een vloek, geen zegen.'

'Kun je dat geld niet aan goede doelen geven?' vraag ik.

'Dat doe ik al. Elke dag.'

'Dan moet het toch opraken?'

'Nee.' Stanley staat op en loopt langs de kasten met boeken. 'Elke ochtend verdubbelt het bedrag op mijn rekening.'

'Holy-krakkemolie!' roept Riff.

'Dus je kunt je wens niet terugdraaien?' vraag ik teleurgesteld.

'Mijn wens niet meer.' Stanley pakt een dik boek en legt het open op een tafel. Hij bladert erin en kijkt dan onze kant op. 'Maar voor jou is het misschien nog niet te laat, Lexie.'

KENNIS

(INFORMATIE OF IEMAND DIE JE NIET ALS VRIEND WILT)

'Alle kennis staat in boeken,' zegt Stanley. Hij bladert verder. 'De legende van de vallende ster, kijk.' Hij laat ons de opengeslagen bladzijden zien. Dan gaat hij zitten en leest voor.

'Vroeger geloofde bijna iedereen in goden. Zo ook de oude Grieken. Zij geloofden dat goden bepaalden wat er op aarde gebeurde.

Lang geleden zagen mensen soms een lichtflits aan de hemel, een vallende ster. Tegenwoordig weten we dat dit stukjes steen uit de ruimte zijn die opbranden in onze atmosfeer. Maar in die tijd dachten de mensen dat het een teken van de goden was.

Sommigen geloofden dat de goden afdaalden uit de hemel om te kijken hoe het op aarde ging. Tijdens het afdalen konden ze per ongeluk een ster raken, waardoor die uit de hemel viel. Een vallende ster betekende dus dat een god heel dichtbij was.

Veel later ontstond het idee dat je een wens mocht doen als je een vallende ster zag. Mensen dachten dat de goden je wens konden horen en hem misschien zouden laten uitkomen.'

'Duidelijk,' zegt Riff ongeduldig. 'Maar hoe draai je een wens terug? Daarvoor zijn we hier.'

Ik hoor Riff wel, maar ik zit nog altijd in mijn hoofd. Ik zie gigantische witte figuren uit de hemel afdalen en sterren opzijtikken als ballen op een biljarttafel.

'Je wens terugdraaien is heel makkelijk. Gewoon de situatie zo maken zoals die was voor de wens uitkwam.'

'Wat bedoel je precies?' vraag ik.

Stanley denkt even na. 'Als je een wens doet, doe je dat vaak omdat je iets mist in je leven. Je wilt iets wat je niet hebt. Om een wens ongedaan te maken, moet je eigenlijk je gemis recht aankijken. En het gekke is: juist dan kan je wens uitkomen, maar misschien op een heel andere manier dan je dacht, begrijp je?'

Ik knik langzaam, al kan ik er nog niet helemaal het juiste beeld bij vormen.

'In mijn geval moest ik hetzelfde geldbedrag op mijn rekening hebben staan als voor die bewuste ochtend,' gaat Stanley verder.

'Dus je hebt alles uitgegeven?' vraagt Riff.

'Ja, maar je moet dat binnen een bepaalde tijd doen,' zegt Stanley. 'Je moet alles precies zo maken zoals het was voordat de zwerm weer langs de aarde komt.'

'Zwerm?' vraag ik. Leuk woord.

'Een meteorenzwerm,' legt Stanley uit.

'Die vallende ster die je zag, was waarschijnlijk onderdeel van een groep meteoren die in een baan om de aarde suist. Je hebt de tijd om je wens ongedaan te maken tot dezelfde zwerm weer langskomt.'

'Wanneer kwam die van jou weer langs?' Riff is op de armleuning van de stoel gaan zitten, zo spannend vindt hij het nu. Ik probeer van alle woorden een film in mijn hoofd te maken. Maar het zijn er te veel, dus het beeld blijft wazig.

'De avond voordat ik de oplossing gevonden had,' zegt Stanley zachtjes. 'Mijn wens kan niet meer worden teruggedraaid.'

MISSIE

(EEN BELANGRIJKE OPDRACHT OF EEN STOMME MEISJESNAAM)

'Trieste krakzooi,' zegt Riff.

Ik ben bezig om alle informatie te verwerken en een oplossing te bedenken. 'We moeten uitzoeken welke zwerm ik zag en wanneer hij weer langs de aarde komt. En voor die tijd moet ik alles weer maken zoals het was. Toch?'

'Juist,' zegt Stanley. Hij staat op en pakt iets uit de kast. Het boek blijkt een doosje te zijn. Hij haalt er een sleutelbos uit. 'Dit zijn de sleutels van het planetarium. Ga erheen, start de hardware op en bekijk de telescoopbeelden van gisteravond.'

Het duizelt me. Al deze woorden, en alles wat ze betekenen.

'Gaat het?' vraagt Riff. Hij pakt mijn hand.

'Jawel. Het is een beetje veel.'

Stanley geeft Riff de sleutelbos. 'Wacht, ik ben zo terug.' Hij loopt de bibliotheek uit.

Riff zit nog altijd op de armleuning van de stoel. 'Komt allemaal wel goed, hoor,' zegt hij zachtjes. Hij aait over mijn hoofd, precies op de plek waar het vanbinnen stormt.

'Hoe?' vraag ik. 'Hoe maken we mijn wens ongedaan? Wat kan ik doen om de lastige woorden weer terug in de klas te krijgen?'

Mijn vragen blijven onbeantwoord, want Stanley staat in de deuropening met twee grote mokken in zijn handen. 'Warme chocolademelk met slagroom!' roept hij.

'Absurd snel gehaald,' zegt Riff. 'Dit soort overgangen lees je alleen in kinderboeken.'

We drinken de heerlijke drank in stilte. Na een paar slokken begint Stanley te lachen. Hij wijst naar ons.

'Wat is er?' vraagt Riff.

Ik kijk naar mijn beste vriend. Zijn bovenlip is wit van de slagroom.

'Jij ook, hoor!' zegt Stanley lachend. 'Jullie hebben allebei een witte snor, net als ik.'

Ik lach en lik de slagroom op.

Riff niet. Hij steekt zijn vinger in de mok en smeert nog meer slagroom onder zijn neus. 'Ik ben Stanley!' roept hij. Hij springt van de stoel en pakt het pistool. 'Overdag ben ik een eenzame man in een te groot huis, maar 's avonds verander ik in een superheld!' Hij schiet op een plant. De bladeren knakken om.

Ik ben bang dat Stanley boos wordt, maar hij moet erom lachen. Dan durf ik ook te lachen.

Als Stanley uitgelachen is, schraapt hij zijn keel. 'O, jongen, dat had ik even nodig.'

'Ik ook,' zeg ik.

'Je hebt geen idee hoe raak het was.' Stanley staat op. 'Ik ga jullie eruit gooien.'

'Neeeee,' zeuren we in koor.

'Jawel. Jullie hebben een missie. Hup, naar het planetarium en uitzoeken wanneer de zwerm weer langs de aarde komt. Of hij überhaupt nog langskomt. Ga maar gauw.'

'Mag deze mee?' vraagt Riff. Hij houdt het wapen omhoog.

'Ja, hoor.'

Ik blijf zitten in de grote stoel.

Stanley kijkt naar me. 'Voor jou heb ik ook wat,' zegt hij. Hij pakt iets uit zijn badjaszak (rotwoord) en stopt het in mijn handen. Het is een stukje stof. Langwerpig, met twee gaatjes.

'Een oogmasker?' vraag ik verbaasd.

'Jazeker.'

'Zijn daar camera's? Want dan moet Riff zich ook vermommen.'

'Ja,' zegt Stanley. 'Er zijn daar camera's, maar die werken niet. Dit masker is niet voor je buitenkant. Het is voor je binnenkant.'

'Huh?!' roept Riff.

Ik snap het ook niet.

'Soms moet je een deel van jezelf verbergen om een ander deel naar boven te halen,' zegt Stanley. 'Ik weet dat je bang bent, maar je bent ook dapper. Alleen zie je dat nog niet aan de buitenkant.'

Ik houd het oogmasker voor mijn gezicht. Stanley komt achter me staan en knoopt het vast. Dan fluistert hij in mijn oor: 'Mocht je meer hulp willen, dan ben je hier altijd welkom.'

Ik knik.

Stanley klopt op mijn schouder. 'Tijd om een held te worden, Lexie.'

SLOTEN

(DINGEN DIE DE TOEGANG BLOKKEREN OF HEKKEN VAN WATER)

Riff en ik lopen het bos uit, in de richting van het Sterrenpark. Het is donker en we horen geluiden die je normaal niet hoort als je om deze tijd gewoon thuis bent. Ik kijk naar Riff. Hij houdt zijn telefoon met de zaklamp aan voor zich uit. In zijn andere hand houdt hij het pistool vast.

Even later staan we voor een brug met een groot hek, dat vergrendeld is met een hangslot.

Riff schijnt met zijn telefoonzaklamp (rotwoord, dus vanaf nu lampje) op het slot. Met zijn andere hand richt hij het wapen erop.

'Eh, Riff, ik weet niet of dat een goed...'

POEF!

Het slot beweegt een beetje door de luchtdruk, maar is verre van kapot.

'Waardeloos wapen,' zegt Riff. Hij gooit het weg.

'Riff! Dat ding is niet van jou!'

'Krakzooi. Was ik vergeten.' Hij schijnt op de grond, ziet het wapen liggen en pakt het op. Dan schijnt hij op de sleutelbos die ik in mijn handen heb. 'Hoeveel sleutels heb je daar?'

'Een, twee, drie...' Ik tel verder in mijn hoofd. 'Zestien sleutels.'
'Serieus? Moeten we bij elk slot zestien sleutels proberen?'
'Nee,' zeg ik. 'Schijn eens in het slot.'
'In het slot?'
'Ja.'
Dat doet Riff.
Ik kijk het sleutelgat in. In mijn hoofd maak ik een foto van de binnenkant. Dan zie ik in 3D voor me hoe de sleutel eruit zou moeten zien. 'Schijn op de sleutelbos,' zeg ik. Ik bekijk ze een voor een. 'Deze is het.' Ik houd een grote sleutel omhoog.
'Hoe kun je dat nou weten?' vraagt Riff verbaasd.
Ik steek de sleutel in het slot. Hij past.
'Madderkrakker,' zegt Riff.
Ik draai de sleutel om. KLIK! Het hangslot gaat open en valt op de stenen.
Riff kijkt me met grote ogen aan. 'Jij bent niet normaal, weet je dat?'
Ik stop de sleutelbos in mijn zak. 'Ik kan heel veel dingen niet goed, maar in sommige dingen ben ik de beste.' Ik duw het hek open en loop de brug over.
Achter me roept Riff: 'Wie ben jij en wat heb je met Lexie gedaan?'
'Ik ben Lexie niet,' zeg ik zachtjes. 'Ik ben nu even een superheld.'

EILAND

(STUK GROND OMRINGD DOOR WATER OF EEN LAND VOL EIEREN)

Het planetarium staat op een eiland in het park. Aan de andere kant van de brug is weer een hek. Opnieuw kies ik meteen de juiste sleutel. We lopen een paadje af tot we bij twee grote voordeuren komen. Twee sloten deze keer. Twee keer maak ik een plaatje in mijn hoofd en weer pak ik de juiste sleutels.

Ik doe een van de deuren open en staar het donker in. Dan sluip ik naar binnen.

Achter me gooit Riff de deur met een knal dicht.

'Doe effe normaal, gek!' roep ik.

'Wat?! Er is hier niemand.'

'Dat weet je toch niet?'

Riff pakt mijn arm. 'Wat? Is hier iemand?!' vraagt hij opeens doodsbang.

'Dat weten we niet, dus zachtjes doen. En blijf bij me in de buurt.' Dat laatste hoefde ik niet te zeggen, want Riff laat me niet meer los. Kleine angsthaas. Hm, gek woord. Hazen zijn volgens mij niet bang, ze zijn vooral snel. Maar misschien denken mensen dat ze bang zijn doordat ze zich vaak snel uit de voeten maken. Of eigenlijk: uit de poten.

'Schijn eens rond,' zeg ik.

Riff kruipt achter me vandaan en richt zijn lampje voor ons uit.

We zien een gigantisch bord dat van onder tot boven gevuld is met woorden. En pijlen. Maar pijlen vind ik niet zo eng.

'Hier staat waar alles te vinden is,' zegt Riff. 'We moeten bij de computers zijn. Waar zouden we die kunnen vinden?'

Ik zeg niks.

'Lexicon?' vraagt Riff. Hij beschijnt mijn gezicht. Hij ziet dat ik in een angsthaas ben veranderd, alleen kan ik niet zo snel wegrennen. 'Zal ik het voorlezen?' vraagt hij.

Ik knik.

'Oké. Het museum is rechtdoor, de toiletten zijn rechts, links is de koepelzaal...'

Voor we hierheen liepen, heb ik op de telefoon van Riff een kaart van het planetarium opgezocht. Terwijl Riff alles voorleest, vul ik de plekken in op die kaart. Zo maak ik in mijn hoofd een plattegrond. Maar niet plat, in 3D. Dus eigenlijk een 3D-grond.

'... het restaurant is links de hoek om en... Dat was het,' eindigt Riff.

Ik zie alle ruimtes duidelijk voor me, maar er is nog één plek die niet op dat bord staat. Een ruimte waar bezoekers niet mogen komen.

'Ik weet waar we naartoe moeten,' zeg ik.

'Krak op,' zegt Riff. 'Hoe dan?'

'Te lastig om nu uit te leggen. Geef me je telefoon. Volg mij.'

Overal zijn lange gangen met dichte deuren, tot we bij een ronde wand komen. Dat moet de koepelzaal zijn. Binnen kun je op stoelen liggen en naar het plafond kijken. Daar worden alle sterren op geprojecteerd. Het is schitterend. Bijna net zo mooi als de echte hemel.

'Ik denk dat het hier is,' zeg ik bij een zwarte deur. 'Kijk.' Ik wijs naar een bordje.

'Alleen voor personeel,' leest Riff hardop voor.

Ik schijn op een zwarte deurklink zonder sleutelgat. Erboven knippert een rood lampje. Dat voorspelt weinig opens. Ik doe de deurkruk naar beneden. Dicht. Natuurlijk. 'Zestien sleutels en dan lopen we vast bij een deur zonder sleutelgat.' Ik schijn op Riff. 'Wat doen we nu?'

Riff kijkt heel ondeugend.

LOPER

(LANGWERPIG STUK TAPIJT OF IEMAND DIE LOOPT OF IETS WAAR JE ZO OVER GAAT LEZEN)

Riff haalt iets uit zijn broekzak. 'Tadaaaaaaa!' Hij laat een zwart dingetje zien.

'Een zwart dingetje?' vraag ik.

'Een sleutelhanger.'

'O.'

'Maar niet zomaar een sleutelhanger!' Riff houdt het ding bij de deurklink.

KLIK. Het rode lampje wordt groen.

'Het is een loper,' zegt hij trots. 'Van Stanley gekregen.'

'Loper? Wat een raar woord.'

'Zo noemen ze een sleutel die op elke deur past. Dit is een digitale loper. Digitaloper. Heeft Stanley zelf bedacht en gemaakt.'

'Fantastisch. Niet wegsmijten, hè?'

'Ik bewaak hem letterlijk met mijn leven,' zegt Riff. Hij kust de digitaloper.

Ik denk niet dat hij zijn leven zou geven voor een sleutel, maar dat zeg ik maar niet. Ik geef de deur een zetje.

Riff pakt zijn telefoon van mij over en schijnt de ruimte rond. 'Kijk, computers!'

Inderdaad. De hal staat vol met bureaus waar computers op staan.

'We zitten goed,' zeg ik.

Riff knikt. 'Ja, dit is het planetariumdatacentrum!'

(Ik hoop dat je niet te lang over dat woord hebt gedaan. Ik wel.)

Riff gaat achter een computer zitten en zet hem aan.

'Kan ik iets doen?' vraag ik.

'Nope. Laat mij maar even m'n gang gaan.'

Ik knik. Intussen denk ik na, maar dat kan ik beter niet doen. Want opeens vult mijn hoofd zich met een heleboel vragen. Ik zie ze voor me, als enge beelden.

Wat doen we hier in hemelsnaam?

Wat als we betrapt worden?

Wat als we de gevangenis in moeten?

Wat als Riff niet in het systeem kan komen?

Wat als we de zwerm niet ontdekken?

Wat als die al langs de aarde is geweest?

Wat als ik mijn wens niet kan terugdraaien?

Wat als ik nooit meer lastige woorden leer?

Wat als ik niet slimmer word?

Wat als Stanley gelogen heeft en hij gewoon een oude, verwarde man is, die twee kinderen ergens laat inbreken?

Waarom beginnen enge gedachten altijd met 'wat als'?

'Hebbes!' roept Riff.

Het kost me moeite om uit mijn hoofd te komen.
'Lexicon, kom!'
Ik loop naar hem toe en kijk naar het scherm.
'In de nacht van donderdag op vrijdag is deze zwerm te zien geweest.' Hij wijst naar een donker plaatje met witte puntjes.
'Ik zie alleen maar een donker plaatje met witte puntjes.'
'Maakt niet uit. Luister.' Hij klikt op een van de stipjes. Er verschijnt een kleiner scherm met veel tekst. Het duizelt me meteen.
'Ja. Dit is 'm,' zegt Riff zachtjes. 'Even kijken. De zwerm heeft een moeilijke naam... Bijnaam is Cupido... Stukken ruimtesteen uit een ander heelal... Blablabla... Tractiebaan om aarde... Periodiek...'
Ik maak geen beelden van zijn woorden, ze zijn te lastig.
'O jee,' zegt Riff ineens zachtjes.
'Wat?! Komt hij niet meer langs de aarde?' vraag ik geschrokken.
'Jawel...'
'Maar...?!'
'Hij komt heel snel,' zegt Riff.
'Wanneer?'
Riff kijkt me aan. Zijn gezicht lijkt spierwit door het licht van de computer. 'Over drie dagen,' zegt hij zachtjes. 'Cupido komt maandagavond weer langs.'

IK

(WIE JE BENT)

Toen ik thuiskwam, waren mijn ouders verschrikkelijk boos en bezorgd. Ik heb gezegd dat ik met Riff op pad was voor een schoolproject. Een net-niet-leugentje om bestwil. Mam en pap willen altijd dat ik beter mijn best doe op school. Ze hebben geen idee dat ik mijn allerbest al doe.

Nu lig ik met mijn kleren aan op mijn bed en staar naar het plafond. Daar hangt een grote poster van Doctor Strange. Zelf getekend. Mijn hele kamer hangt vol met tekeningen, maar dit is mijn beste. Doctor Strange kijkt heel stoer en zijn handen toveren gouden ringen tevoorschijn. Hij heeft alles onder controle.

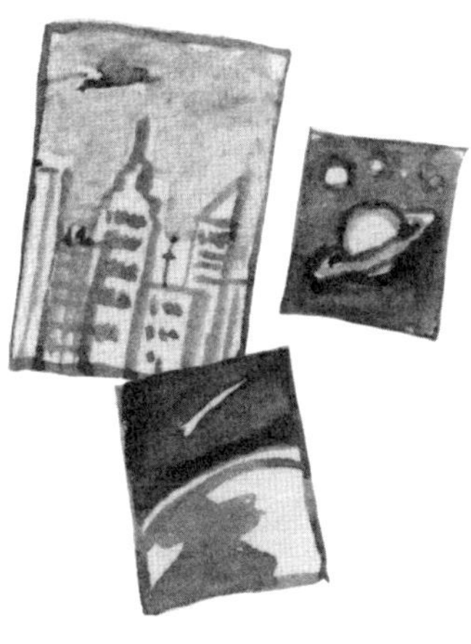

Ik niet.
Ik zie het niet meer zitten. Rare zin eigenlijk, want ik lig namelijk. Ik zie het niet meer liggen. Of eigenlijk: ik zie het niet meer voor me. Terwijl ik alles altijd voor me zie in mijn hoofd.
Ik doe mijn ogen dicht en maak een film.
Ik zie mezelf.
Als held.
Lexicon!
Nah. Slechte naam voor een held.
Ik heb het oogmasker op dat ik van Stanley heb gekregen.
En mijn rode superheldenkeep. Ik weet dat je cape schrijft, maar ik vind keep een leuker woord.
Ik zie geen bang meisje, dat lastige woorden eng vindt en voor wie lezen lastig is.
Ik zie een stoer meisje, dat alles durft. En problemen oplost.
Ze is zelden bang, en meestal dapper.
Ik voel wat ik zie.
Ik voel het in mijn buik.
Ik doe mijn ogen open en kijk Doctor Strange aan.
Nu snap ik wat hij met die stoere blik wil zeggen: verander je lot, Lexie.
Dat zegt hij altijd. Maar dan in het Engels. 'Tsjeens jor destenie.'
Of hoe je dat ook schrijft.
Jij kunt een held zijn.
Ja, ik kan een held zijn.
Ik kan dit oplossen.
Maar niet alleen.

Ik kom uit bed, ga bij mijn slaapkamerdeur staan en luister. Ik hoor de televisie. Mam en pap zitten voorlopig nog wel beneden. Ik loop naar het raam en klim heel zachtjes naar buiten. Mijn kamer is op de begane grond (vraag me niet wat 'begane' betekent). Ik sluip over het tuinpad en ren daarna de straat uit.

Een held durft alles. Ook om hulp vragen.

ACHTERVOLGING

(IEMAND OPJAGEN OF IEMAND VAN ACHTEREN VOLGEN)

'Ik wil een superheld worden,' zeg ik zelfverzekerd.

Stanley staat in de deuropening van zijn villa. 'Dan ben je aan het juiste adres,' zegt hij lachend. 'Letterlijk.'

'Letterlijk,' herhaal ik.

'Kom maar mee.' Hij loopt naar binnen en ik volg hem.

'Zijn je ouders niet bezorgd?' vraagt hij.

'Ja, altijd.'

'Ik bedoel: dat je nu niet thuis bent.'

'O, zo,' zeg ik. 'Ze weten niet dat ik hier ben.'

Ik ben bang dat Stanley zich woest omdraait en iets roept als: 'Terug naar huis, stout kind!', maar hij loopt door. Ik hoor hem zelfs gniffelen.

In de bibliotheek blijft hij voor een kast staan. Hij laat zijn hand over de ruggen van de boeken glijden. Boeken hebben ruggen. Het zijn net mensen.

'Krak op,' fluister ik verbaasd. 'Je gaat me toch niet vertellen dat je een geheime ruimte hebt achter een boekenkast?'

Stanley lacht hard. Wat een mooi geluid. De lach

gaat over in een hoestaanval. Minder mooi geluid. Als hij uitgehoest is, zegt hij: 'Nee. Hier zit geen geheime ruimte achter. Ah!' Hij pakt een boek en opent het. Het is geen boek, maar een doosje. Hij heeft veel doosjes vermomd als boeken. Hij haalt er een plat voorwerp uit.

'Wat is dat?' vraag ik.

'Een diskette,' zegt Stanley.

Raar woord. En ik heb geen idee wat dat is.

'Volg mij.' Hij loopt naar de hal.

Het zou leuk zijn om te vertellen dat het een snelle en spannende achtervolging wordt, maar Stanley is zo krak-kemikkig dat hij hééééééél traag loopt. Ik volg hem op de voet. Soms letterlijk. Dan sta ik met mijn tenen op zijn hiel. Hij vindt het niet erg en loopt rustig door.

Door de hal.

Door een gang.

Door een deur.

Dan een andere gang.

Aan de wanden hangen foto's.

Stanley als kleine jongen.

Stanley als puber (met een snorretje).

Stanley als volwassen man met een diploma.

Stanley met een vrouw.

Stanley als bruidegom met zijn vrouw.

Stanley voor het planetarium.

Stanley met zijn vrouw (niet meer dicht naast elkaar).

Stanley met een sportauto (zonder vrouw).

Stanley voor de villa (met vrouw).

Stanley voor de villa (zonder vrouw).
Stanley in een grote stad.
Stanley op een hoge berg.
Stanley in een kano.
Stanley in een ziekenhuisbed met zijn duimen omhoog.

We zijn aan het einde van de gang. Stanley opent een deur en knipt ergens een schakelaar om. Ik schrik me wezenloos.

We zijn in een gigantische, felverlichte ruimte. Het staat vol met spullen waar Riff van uit zijn dak zou gaan. Een soort raket, een maanwagentje, astronautenpakken en een groot rek met allerlei soorten wapens.

'Welkom,' zegt Stanley, 'in mijn geheime ruimte.'

DE D VAN.....................

(VUL JE LIEVELINGSWOORD MET EEN D IN)

'Dikke krakkerlakken,' zeg ik.

'Ik ben net als je vriendje gek op de ruimtevaart,' zegt Stanley. 'Omdat geld geen probleem is, heb ik van alles kunnen kopen.' Hij kijkt trots rond.

'Geld is toch juist wel het probleem?' vraag ik.

Stanley lacht en zijn snor trilt mee. 'Absoluut.' Hij schuifelt verder.

Ik kijk mijn ogen uit. Niet echt natuurlijk, ze blijven netjes in mijn hoofd zitten. Ik kom eigenlijk ogen tekort. Er staan zoveel mooie, glimmende en indrukwekkende spullen dat ik nu net zo traag als de bejaarde voor me loop.

'Hier,' zegt Stanley. Hij geeft me een pak aan. Ik houd het voor mijn lichaam en kijk naar de glimmende blauwe stof.

'Dit droegen astronauten vroeger onder hun gigantische pakken. Maar dit is nu voor jouw buitenkant.'

'En de binnenkant?' vraag ik.

'Eerst de buitenkant maar. Kijk maar of het past. Ben zo terug.' Hij loopt weg.

Ik trek mijn eigen kleren uit. Voordat ik het pak aantrek, voel ik me geen superheld. Ik voel me superbloot. Ik stap gauw in de blauwe broekspijpen, trek de rest omhoog en rits het pak dicht. Nog voor ik me kan inbeelden hoe ik eruitzie, zie ik het al in de reflectie van een groot, zilverkleurig scherm.

Ik loop ernaartoe.

Met elke stap vergeet ik mezelf en zie ik iemand anders.

Geen onzeker meisje.

Geen paniekerige blik.

Geen aarzeling.

Ik zie een stoer meisje. Zonder angst. Een meisje dat durft. Precies zoals ik eerder in mijn hoofd zag toen ik op mijn bed lag.

Het blauwe pak zit perfect. Op mijn borst staat de letter D. Waar zou dat voor staan?

Stanley is er weer. 'Staat je goed,' zegt hij. 'Hoe voelt het?'

'Goed,' zeg ik. Ik wijs naar de D en kijk hem vragend aan.

'De D van Delta. Dat was de naam van het astronautenteam dat deze pakken droeg.'

Ik bekijk mezelf. En ik voel mezelf. Ik voel me... heldig. 'Ik ben er klaar voor,' zeg ik stoerder dan ik ooit heb geklonken.

'Mooi,' zegt Stanley. 'Je buitenkant is er klaar voor. Maar de binnenkant is belangrijker. Volg mij.'

We lopen verder door zijn astronautenmuseum.

'Het staat allemaal klaar,' mompelt de oude man.

'Wat?' vraag ik.

'De test.'

Ik stop met lopen. Alle superheldigheid stroomt meteen uit mijn lijf.

Ik haat testen.

Ik haat proefwerken.

Ik haat opdrachten die ik binnen een bepaalde tijd moet maken.

'Nee,' zeg ik. 'Dat wil ik niet.'

Stanley draait zich om. 'We moeten erachter komen waar je goed in bent, zodat je die eigenschappen kunt gebruiken,' zegt hij rustig.

'Maar ik raak in paniek als ik een test moet doen. Het heeft altijd iets met woorden te maken.'

Hij legt een hand op mijn schouder. 'Dat weet ik, maar deze test is anders. Vertrouw me.'

Ik knik. Ik ben al zover gekomen, nu afhaken zou zonde zijn.

Stanley loopt verder en opent een deur. Ik volg hem een klein kantoortje in. Er staat alleen een bureau met een computer erop. Een kraktoe-oude computer.

Stanley schuift het platte voorwerp (discottie?) in een gleufje en zet de computer aan. Hij trekt de stoel naar achteren. 'Ga maar zitten.'

Dat doe ik.

'Toen ik in het planetarium werkte, heb ik een test ontworpen om te ontdekken welke kwaliteiten mijn werknemers hadden. Een test die niet draait om rekenen en schrijven.'

Ik adem opgelucht uit.

'Deze test gaat om wat iemand kan, waar iemand goed in is.'

'Een soort IQ-test?' vraag ik.
Het scherm gaat aan en er verschijnt een woord: WELKOM.
'Bijna,' zegt Stanley. 'Geen IQ-test, maar een I.K.-test.'
'I.K. van ik?' vraag ik.

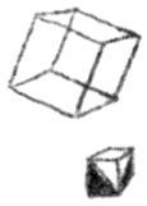

'Nee, I.K. staat voor Ik Kan. De Ik Kan-test.' Hij drukt op enter. Er verschijnen vier kubussen op het scherm. Ik weet meteen wat ik moet doen: klikken op de kubus die er niet bij hoort.
Stanley loopt naar de deur. 'Zet 'm op, Lexie. Ik ben benieuwd naar jouw talenten.' Hij sluit de deur en ik begin met de test.

UITSLAG

(VLEKKEN OP JE HUID OF HET RESULTAAT VAN EEN TEST)

Na een heleboel (best leuke) opdrachten en raadsels verschijnt er iets op het scherm.

EINDE I.K.-TEST

De computer maakt nog wat brommende geluiden en gaat dan uit. Niet veel later gaat de deur open en verschijnt Stanley. In zijn handen heeft hij een opgevouwen blaadje.

'De uitslag?' vraag ik.

'De uitslag,' zegt Stanley. 'Wil je het horen?'

'Natuurlijk!' Ik spring op van de stoel.

'Met warme chocolademelk?'

'En slagroom!'

Na een lange en vooral
TRAAAAAAAAAAAAAAAAAAAAAAAAAAAAAAAAAAAA
AAAAAAAAAAAAAAAAAAAAAAAAAAAAAAAAAAAAAA
AAAAAAAAAAAAAAAAAAAAAAAAAAAAAAAAAAAAAA
AAAAAAAAAAAAAAAAAAAAAAAAAAAAAAAAAAAAGE
wandeling zitten we weer in de bibliotheek. We hebben allebei een mok met warme chocolademelk

en heel veel slagroom. Ik hap in de slagroom en slik. 'Slagroom is zóóóóó lekker,' zeg ik.

Stanley lacht. De lach gaat over in een hoestbui. Hij pakt een zakdoekje uit zijn badjas en veegt zijn mond af. Dan stopt hij het weg en kijkt me aan. Ik zeg niets, maar hij beantwoordt mijn vragende blik. 'Ik heb een longziekte opgelopen toen ik tijdens een van mijn reizen een vulkaan beklom.'

'Oké.' Hoe reageer je als iemand zegt dat hij ziek is? Door niks te zeggen? Nee. Door vragen te stellen. 'Hoe heet die ziekte?'

Stanley haalt even diep adem. Na een korte stilte zegt hij: 'Dat wil je niet weten. Het is een van de langste woorden uit de Engelse taal. Dus een heel lastig woord, op meerdere vlakken.' Hij pakt het blaadje erbij. 'Goed, de uitslag.'

'Wacht,' zeg ik. 'Ga je dood?'

'We gaan allemaal dood,' zegt hij.

'Dat bedoel ik niet.'

'Weet ik. Ja, ik ga dood. Snel, maar dat is oké.'

'Natuurlijk is dat niet oké. Kun je geen medicijnen nemen? Of jezelf beter wensen als er weer een ster door de lucht schiet?'

'Nee.'

'Je bent kraktoe-rijk. Kun je niet de beste dokters inhuren?'

'Nee, lieve Lexie. Niet alle problemen zijn op te lossen. Ook niet met wensen of geld. De dokters hebben hun best gedaan, en meer dan je best kun je niet doen.'

Ik knik. Hij snapt het. Nu mijn ouders nog.

'De dood is een van de dingen die je moet accepteren in het leven. Maar ik ben wel blij met je reactie.'

'Hoezo?'

'Omdat je oplossingsgericht bent. Dat is een geweldige eigenschap.'

'Staat dat in de uitslag?' vraag ik.

Hij kijkt naar het blaadje. 'Denk je dat?'

'Ja. Ik ben goed in oplossingen bedenken.'

'Wat denk je dat er nog meer staat?'

Ik neem een slok chocolademelk. 'Dat ik goed kan tekenen.'

Stanley knikt. 'Je bent inderdaad creatief.'

'En ik kan me dingen goed verbeelden. In mijn hoofd.'

'Juist. En wat heb je aan al die kwaliteiten?'

'Weinig.'

'Onzin!' Stanley gooit het blaadje op de grond.

Ik schrik.

'Denk je eens in wat je kunt bereiken met creativiteit en verbeeldingskracht! De mogelijkheden zijn eindeloos. Jij ziet de oplossing van een probleem kristalhelder voor je.'

'Niet de oplossing voor dit probleem.'

'Nog niet, maar sluit je ogen eens...'

Dat doe ik.

'En stel je het klaslokaal voor.'

Ik zie het.

'De plek waar lastige woorden verdwenen zijn.'

Ik voel het.

'Hoe krijg je die woorden terug?'

Ik laat mijn fantasie de vrije loop. Ik zie mezelf, als

superheld, in mijn blauwe pak. Ik sta in het lokaal. Ik zie mijn klasgenoten zitten. Ze kijken naar me. Niet lachend of vol medelijden. Ze bewonderen me.

'Door een held te zijn,' zeg ik.

'Juist. En wat doet die held?'

Ik zie een film in mijn hoofd. Ik zie wat er moet gebeuren. Hoe dat moet, en met wie. Een film met hoofdrolspelers, een decor en special effects.

'Wat helden altijd doen,' zeg ik. Ik open mijn ogen.

Stanley staat op. 'En dat is?'

'De vijand verslaan,' zeg ik.

'Precies, je snapt het,' zegt Stanley zachtjes.

'Ja, ik snap het.' De film in mijn hoofd gaat verder en vormt een plan. Dat vertel ik aan Stanley.

Hij luistert, knikt en lacht. 'Het is briljant, Lexie,' zegt hij als ik klaar ben. 'Maar je mist nog iets heel belangrijks.'

Hij heeft gelijk. De vijand in mijn plan heeft nog iets nodig. Iets waar ik heel bang voor ben.

'Je moet de situatie maken zoals die was, weet je nog? In jouw geval betekent het dat je een lastig woord terug in de klas moet brengen. En daar kan ik je wel bij helpen.'

Kan die man gedachten lezen?

'De naam van de vijand,' zeg ik, 'moet een lastig woord zijn.'

'Ik weet er wel een,' zegt Stanley zachtjes, alsof het een geheim is.

'Is het moeilijk?'

'Het is een van de langste woorden uit de Engelse

taal. En heel moeilijk, ja.' Hij kijkt naar de grond. De rimpels in zijn gezicht zijn nog meer naar beneden gezakt. Het maakt zijn gezicht ouder en vooral verdrietiger.

'Mooi!' zeg ik zo opgewekt mogelijk.

Hij lacht weer. 'Ja. Als je dat woord in het lokaal krijgt, zijn alle andere woorden kinderspel.'

'Maar,' zeg ik, 'het plan zit nu in mijn binnenkant.' Ik tik tegen de zijkant van mijn hoofd. 'Het moet nog naar de buitenkant.'

'Klopt, maar dat gaat wel lukken. Je vriendje kan je helpen.'

'Riff,' zeg ik.

'Die, ja. Over namen gesproken,' zegt Stanley. 'Jij hebt nog een superheldennaam nodig.'

Ik kijk omlaag, naar de D op mijn borst. 'Misschien Daughter Strange? De dochter van Doctor Strange?' vraag ik aarzelend.

Stanley hoort de onzekerheid in mijn stem. Hij tuit zijn lippen, zijn snor raakt zijn neus. 'Die talenten van jou heb je aan iets te danken. Iets waar je ook je kracht van kunt maken.'

'Bedoel je…' Ik denk aan het woord dat met een D begint. Een woord dat ik verschrikkelijk vind.

'Ja. En je naam zit er al voor een deel in…'

Meer hoeft hij niet te zeggen. Ik weet hoe ik moet heten.

Als het veel te laat is en het haardvuur bijna niet meer brandt, geef ik Stanley een knuffel en verlaat ik de villa. Met een plan, een pak en een superheldennaam.

MAANDAG

(EERSTE DAG VAN DE WEEK EN DE BELANGRIJKSTE DAG VAN MIJN LEVEN)

Ik ben ruim voor de wekker wakker. Ik staar naar de muur met mijn tekeningen. Ze zijn mooi. Zelfs de stokpoppetjes die ik maakte toen ik vier was. Maar de beste tekening moet ik vandaag maken. Ik zie voor me hoe mijn plan mislukt. Hoe de klas me uitlacht en ik zwetend het lokaal uit ren. Ik schud mijn hoofd om het beeld kwijt te raken.

Als ik me dat allemaal kan voorstellen, kan ik me ook een goede afloop voorstellen. Een plan dat wél lukt. Dat ik de held word die ik moet zijn. Dat beeld zorgt ervoor dat ik opsta, mijn tas pak en naar beneden loop.

Ik ontbijt en zeg dan mijn ouders gedag.

Ze roepen: 'Doe je best!'

'Doe ik,' zeg ik. Meer kan ik niet doen.

Ik fiets naar school en ga naar binnen. Ik loop door de lange gang naar mijn lokaal.

Riff staat bij de deur.

'Is iedereen al binnen?' vraag ik.

'Ik geloof het wel. Het lijkt leger dan vrijdag.'

De bel gaat.

'Klaar voor?' vraagt Riff.

Ik heb hem dit weekend mijn plan verteld. ' Bril-krakking-jant,' had hij gezegd.

Ik doe mijn rugtas af en houd hem voor mijn buik. 'Ja, ik ben er klaar voor.'

Ik kijk de klas in en schrik. Riff heeft gelijk: er is nog veel meer weg!

De wasbak.

De boekenkast.

En Evantia, het knapste meisje van de klas, zit niet op haar plek.

'O nee,' fluister ik tegen Riff. 'Er is zoveel verdwenen.'

'Als de heel lastige woorden weg zijn, zijn de makkelijke woorden opeens de lastigste,' zegt Riff.

Het is een vreemde zin, maar ik snap hem. Door de wens verdwijnen nu zelfs de minder lastige woorden. Want dat zijn nu de moeilijkste woorden in de klas. De wens gaat maar door. Tot er niets meer over is. Niets en niemand.

Ik voel de pink van Riff tegen mijn pink. Samen stappen we de drempel over. Die voelt vandaag een stuk hoger.

'Jij!' zegt meester Bram tegen mij. 'Hoe heet je ook alweer?'

Ik wil antwoorden, maar dat lukt niet. Hoe heet ik ook alweer? Ik zie mezelf in mijn hoofd. Ik weet wie ik ben. Maar ik kan niet meer op mijn naam komen. Het is er een die je niet vaak hoort. Maar de letters blijven weg.

'Hoe heet je?' vraagt de meester nog een keer. 'Hoor je wel in deze klas?'

'Ik ben...'

Ik zie mezelf, ruziemakend met mijn ouders. 'Je kon je eigen naam gisteren nog lezen en vandaag opeens niet?' roept mijn vader boos. 'Gewoon veel oefenen,' zegt mijn moeder.

Ik zie mezelf naast Riff in het gras liggen. Pinken tegen elkaar.

Ik zie mezelf een superheld tekenen.

Ik zie mezelf op de fiets.

Ik zie mezelf in bad.

Ik zie mezelf.

Ik was niet.

Ik ben.

Wie ben ik?

'Geef antwoord!' roept meester Bram.

'Ja, ik ben...' Ik wijs naar mezelf, maar ik raak mijn lichaam niet aan. Dat gaat niet. Mijn wijsvinger is namelijk verdwenen.

VERDWIJNEN

(ALS DINGEN ER NIET MEER...)

Ik ben aan het verdwijnen!

Zelfs mijn naam is nu te lastig.

Ik krijg niet eens de kans om de boel te redden.

'Ik ben te laat,' zeg ik wanhopig.

'Ga maar snel zitten,' zegt meester Bram.

Ik kijk rond. Het lokaal is bijna leeg, op een handjevol kinderen en een saaie meester na.

'De les begint,' zegt hij. 'Eén plus één is...?'

'Twee!' roept iemand.

'Mooi. Dan nu taal.'

We worden per seconde dommer. En dat niet alleen, mijn linkervoet begint te vervagen. En mijn linkerhand is nu helemaal weg! Niet goed! Ik ben links en voor mijn plan heb ik mijn linkerhand nodig.

Dan hoor ik Riff roepen. 'Lexie, doe iets!'

Maar het enige wat ik nu denk is: ik moet hier weg, voor ik helemaal ben verdwenen. Ik wil de klas uit rennen, maar ik val. Het voelt alsof mijn been slaapt. Ik word uitgelachen, zoals altijd. Ik strompel het lokaal uit. Op de gang hoop ik dat mijn hand en voet terugkomen, maar dat gebeurt niet.

Ik ga naar de wc's en sluit mezelf op in een hokje. Mijn hart klopt te hard en ik adem te snel. Ik houd mijn tas stevig vast met mijn rechterarm. Ik wil huilen, maar er komt niets. Ik voel alleen paniek.

'Ben je hier?' roept een bekende stem. Riff. Altijd Riff.

'Ja!' roep ik terug.

'Gaat het?'

'Nee.'

'Wil je een kusje?' Hij staat vlak achter de deur.

Ik moet lachen. Gek, dat je nog kunt lachen als je ongelooflijk bang bent.

'Nee. Maar een knuffel zou fijn zijn.' Ik doe de deur van het slot. Riff opent hem en geeft me een knuffel. Nu komen de tranen wel.

'Dit kun jij, Lexie.' Hij laat me los en kijkt me aan. 'Jij hebt dit.'

'Gekke zin.'

'Komt uit het Engels. *You've got this.*'

Ik lach door mijn tranen heen. 'Dank je.'

'Jij bent de slimste,' gaat Riff door. 'En je bent een held. Niet alleen door dat pak.'

Ik kijk naar beneden. Mijn rugtas is op de vloer gevallen. Ik pak hem op. Er begint iets in mij te gloeien. Iets wat mijn tranen doet verdampen.

'Jij hebt dit,' herhaalt Riff.

'Ja.' Ik kijk naar mijn tas en klop erop. 'En ik heb dit.'

'Precies.'

'Dank je wel,' zeg ik. 'Je bent de beste beste vriend ooit.'

'Weet ik. Voor wat, hoort wat.'

Hij hoeft het niet te vragen. Ik buig naar voren en kus hem. Hij is volledig in de war als ik weer wat naar achteren ga.

'Is dit echt gebeurd?' vraagt hij.

'Zeker. Nu wegwezen,' zeg ik met een grijns. 'We hebben iets belangrijks te doen.'

Riff knikt en verlaat het wc-hokje.

Ik doe de deur dicht en rits mijn tas open.

Het kost moeite, want ik moet alles met rechts doen, maar het lukt me om de kleding eruit te krijgen.

Ik kijk naar de grote D op mijn blauwe pak.

Het is niet de D van Delta.

Niet de D van Dom.

Of van Duizelingen, en Doe nou beter je best.

Niet de D van Dit kun je vast wel of van Doorzetten.

Nee.

Het is de D van het meisje dat ik ook ben.

De D van Dapper.

De D van Daadkrachtig.

En de D van De slimste van de klas.

Die lezen lastig vindt, maar daardoor andere dingen heel goed kan.

De D van Dyslexia.

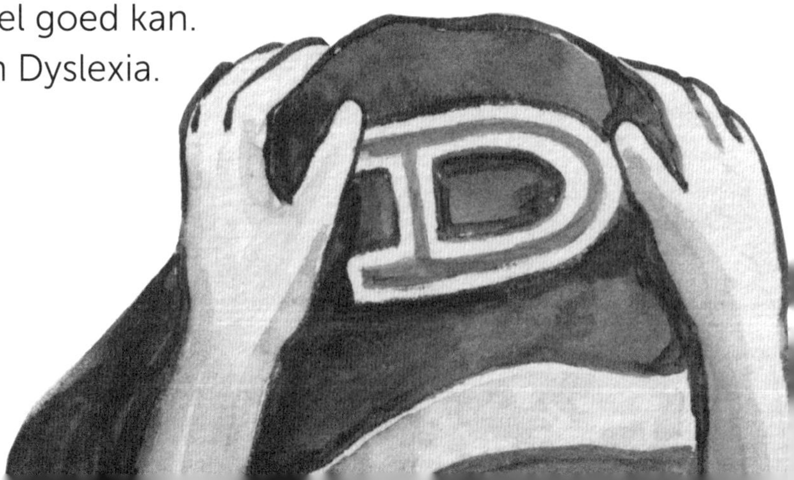

TEKEN

(VIEZE KLEINE BEESTJES OF EEN SIGNAAL OF DE IK-VORM VAN TEKENEN)

In mijn heldenpak strompel ik door de gang. Had ik nu maar een keep om, dan vloog ik zo de gang door. Doctor Strange wordt ook door zijn keep geholpen. Wacht, ik bedenk hem er gewoon bij! Zo voel ik me superheldiger.

Ik kom bij het lokaal. De kinderen die er nog zijn, staan bij het gat in de muur naar buiten te kijken. Ze wijzen naar iets wat het schoolplein op komt rijden. Iets wat in rook is gehuld.

Ik loop naar de tekenhoek en pak een zwarte stift.

Er klinkt een hoge gil. 'Wat gebeurt er?' Isabelle kijkt naar haar handen, die aan het vervagen zijn. Er verdwijnen steeds meer mensen en spullen met lastige namen en woorden.

'Niks aan de hand,' zegt meester Bram. 'Ga zitten en let op. Hoeveel is één?'

Dan ontstaat er totale chaos. Kinderen rennen rond. Ze schreeuwen, botsen tegen elkaar op of kijken verward om zich heen.

Ik doe mijn ogen dicht en zie Doctor Strange in mijn gedachten. 'Verander je lot,' hoor ik hem zeggen. 'Tsjeens jor destenie. Nu, Lexie. Dit is jouw moment.'

Ik open mijn ogen. 'Geen paniek!' roep ik.

Het wordt snel helemaal stil.

Iedereen kijkt naar me. Meestal vind ik dat vreselijk, maar nu niet.

'Ben jij een held of zo?' roept Stefan, die mijn pak ziet.

'Jazeker!' roep ik trots.

'Ik ken je niet!'

'Ik ben hier om jullie te redden,' zeg ik. Mijn stem klinkt anders dan normaal. Ik loop naar de muur, die nu helemaal kaal is. Dat is maar goed ook.

'Hoe heet je?' roept een ander kind.

'Ik ben...' Maar ik krijg geen kans om mijn superheldennaam te noemen.

'Help ons!' roept Bobbie in paniek. Zijn benen zijn weg.

'Ga ik doen,' zeg ik. Met mijn tanden trek ik de dop van de stift eraf. Dan doe ik waar ik goed in ben. Tekenen.

'Wat is dat?!' schreeuwt Kim. Ze wijst naar buiten.

Ik volg haar blik. De rook is inmiddels opgetrokken en een voertuig is zichtbaar geworden. Het is hoog, met vier grote rubberen wielen eronder. Er zit een man in. Hij draagt een grijs pak en heeft een grote astronautenhelm op.

De stoel zoeft omhoog terwijl er een harde lach klinkt. Hoesterig gelach. De lach van een echte, doodenge, levensgevaarlijke vijand.

LASTIGE WOORDEN

(WOORDEN DIE IEMAND TOT LAST ZIJN)

'Is dit de klas van meester Bram?' roept de man met de helm. Zijn stem klinkt luid en blikkerig.

'Ja!' roept Kim. 'Help ons!'

'De domste klas van het land!' De man lacht boosaardig.

'Wat gebeurt er met ons?' roept Bobbie in paniek.

'Jullie zijn aan het verdwijnen. Uiteindelijk zullen alle woorden het lokaal verlaten en ze komen nooit meer terug. Er zal niets overblijven.'

'Dacht het niet!' roep ik.

De kinderen kijken weer naar mij. Riff steekt zijn duimen naar mij op en lacht. Nu heeft hij er wel vertrouwen in, zie ik in zijn blik.

'Help ons, held die niemand kent!' roept Vik.

'Ga ik doen. Ik zal de vijand verslaan!' Ik wijs naar buiten.

'Doe je best,' zegt de man. 'Ik zal je zelfs een handje helpen. Het is heel eenvoudig. Jullie hoeven maar één ding te doen.'

'Wat dan?' vraagt Kim.

'Mijn naam uitspreken.'

'Huh?! Dat is m-m-m...' Kim komt niet uit haar woorden. Nu voelt ze hoe het is om mij te zijn.

'Makkelijk?' roept de man. Zijn stem galmt door het gat het lokaal in.

'Wat is je naam dan?' vraagt Vik.

'Pneumonoultramicroscopicsilicovolcanoconiosis.'

Het wordt doodstil.

'We zijn verloren,' zegt Stefan.

Iemand begint zachtjes te snikken. 'Dat lukt nooit.'

Ik kijk rond. Niemand ziet het zitten. Of staan. Ik ken dit gevoel. Dit heb ik altijd in de klas. Maar ik weet dat ik het kan. En dat zij het kunnen. Ook al denken ze dat zelf niet. Hoe? Door mijn buiten- en binnenkant.

'Jawel!' roep ik. Ik teken iets op de muur. 'Ik ga jullie helpen.'

'Hoe dan?!' roept Bobbie, die nu alleen nog een hoofd is.

'Als je iets voor je ziet, kun je het ook zeggen. Zo doe ik het altijd met lastige woorden.'

'Ik zie het niet voor me!' krijst Stefan.

'Omdat je niet weet wat het is.' Ik wijs met de stift in mijn rechterhand naar mijn tekening. 'Wat is dit?'

'Een ding!' roept iemand in paniek.

'Een gek ding!' roept iemand anders.

'Het zit in je lijf. Hier.' Ik wijs naar mijn borst. 'Je ademt ermee.'

'Lo...' hoor ik iemand zeggen.

'Ja, bijna!'

Iedereen kijkt naar Vik. 'Lo... long!'

'Ja!' roep ik enthousiast.

'Pneumono,' zegt de man, 'betekent long.'

'Pneumono!' herhaal ik. 'Allemaal!'

'PNEUMONO!' roept de klas.

Ik teken iets anders op de muur.

'Hou eens op, meisje. Ga maar weer zitten,' zegt meester Bram. Hij staart dom voor zich uit.

Ik negeer hem en teken er iets op de muur bij. 'Wat is dit?' vraag ik.

'Geen idee!' roept iemand.

'Een verrek–' schreeuwt iemand anders. Maar hij kan het woord niet afmaken, het is te moeilijk. En fout bovendien.

'Een micro-dinges!' roept Vik. 'Nee, eh... een microscoop!'

Ik knik. 'Ja. Het goede woord is microscopic.'

Iedereen kijkt verbluft naar Vik, omdat hij het juiste antwoord wist.

'PNEUMONOMICROSCOPIC!' schreeuwt Riff.

'Nee,' zeg ik. 'Er moet nog iets voor microscopic.' Ik teken een stip op de muur. 'Dit is weer die microscoop, maar dan...?'

'Klein?'

'Ja!' roep ik. 'Hoe klein?'

'Superklein!'

'Nee.'

'Megaklein?'

'Nee, bijna.'

'Ultra!' schreeuwt Kim.

'JA!' roep ik dolblij.

Iedereen kijkt nu verbaasd naar Kim.

'Ja, wat?!' zegt ze. 'Ik ben niet zo dom als ik lijk, hoor.'

Dat is ze zeker niet. 'Ultra!' herhaal ik. 'Bij elkaar klinkt dat als...'

'Pneumonomicroscopicultra?' vraagt Vik.

'Nee,' zeg ik. 'De microscoop is heel klein, dus je moet het omdraaien.'

'Pneumonoultramicroscopic!' roept Vik meteen.

'Dat is 'm!' roept Riff. 'Met z'n allen!'

'Pneumonoultramicroscopic!' roept de klas. 'Pneumonoultramicroscopic!'

'NEE!' roept de man buiten. Hij pakt iets, maar ik kan niet zien wat.

Ik teken nu een vrouw met grote borsten. HEEL grote borsten. Ik wijs ernaar met mijn stift. 'Wat zijn dit?'

'BORSTEN!' roept Stefan, iets te hard en te blij.

'Gevuld met?'

'Melk?' vraagt Kim.

'Siliconen!' roept Riff.

'Juist! Maar dan in enkelvoud.'

'Pneumonoultramicroscopicsilico!' roept Riff.

'Pneumonoultramicroscopicsilico!' roept de klas. 'Pneumonoultramicroscopicsilico! Pneumonoultramicroscopicsilico!'

Ik wil de volgende tekening maken, maar ineens is de stift verdwenen. En dan begint ook mijn rechterhand te vervagen!

Ik kijk haastig rond, op zoek naar een oplossing, maar dan klinkt er een harde gil. De man heeft een gigantisch zilverkleurig wapen in zijn hand. Hij lacht kucherig, richt het wapen op mij... en schiet.

HELD

(ACHILLES, DOCTOR STRANGE OF IK)

BAM!

Ik ben op de grond gevallen. Even ben ik versuft. Dan open ik mijn ogen. Overal hangt rook. Ik zie letterlijk geen hand voor ogen. 'Pneumono... ultra... microscopic,' mompel ik. We moeten de naam van de vijand verder afmaken.

'Pneumonoultramicroscopicsilico,' hoor ik Vik zeggen. 'Pneumonoultramicroscopicsilico, pneumonoultramicroscopicsilico...' Mijn klasgenoten vallen hem bij en blijven net zolang het woord herhalen tot de rook is opgetrokken.

Er verschijnt een rond gezicht boven me. 'Red de wereld, Dyslexia,' zegt Riff. 'Of eigenlijk het lokaal.' Hij helpt me overeind. Ik ben enorm duizelig.

'De stiften zijn weg,' hoor ik hem zeggen.

'Zijn er nog wel pot...' Maar de rest van het woord komt niet in me op.

'Nee, ook weg,' antwoordt Riff, die aan een half woord genoeg heeft. Letterlijk.

Buiten klinkt een bulderende lach.

'Daar!' roept Riff. Hij wijst naar buiten, naar het schoolplein.

Vlak voor het voertuig van de vijand liggen krijtjes op de grond.

'Nee,' zeg ik. 'Te gevaarlijk. Hij gaat te ver.'

'Weet ik.' Riff kijkt me aan. 'Maar een held zijn doe je niet alleen.' Hij rent door het lokaal, duwt anderen aan de kant, valt en staat weer op. Een van zijn benen verdwijnt. Hij hinkelt verder.

De man richt het luchtdrukpistool op Riff.

Riff springt door het gat in de muur, maakt een koprol (SERIEUS!) over het schoolplein, grijpt een krijtje en gooit dit het lokaal in.

Kim vangt het op en werpt het naar Stefan. Bobbie kopt het (want geen lichaam) naar Vik, Vik gooit het naar meester Bram. 'Wat is dit?' vraagt hij dommig. Hij wil het krijtje in zijn mond stoppen.

'NEE!' roep ik! 'Gooi het naar mij!'

Meester Bram kijkt me vertwijfeld aan, en gooit het krijtje dan mijn kant op. Ik strompel naar voren, open mijn mond en vang het tussen mijn kaken op.

De klas juicht.

Ik ga naar de muur en begin druk te tekenen. Nu komen er geen woorden, maar beelden uit mijn mond.

'HERHAAL HET HELE WOORD!' roept Riff vanaf het schoolplein.

De klas begint weer te scanderen. 'Pneumonoultramicroscopicsilico... Pneumonoultramicroscopicsilico...'

'Een vulkaan!' roept Bobbie. Hij ziet wat ik heb getekend.

'Volcano!' krijst de man buiten.

'Pneumonoultramicroscopicsilicovolcano,' zegt Vik.

'Pneumonoultramicroscopicsilicovolcano!' roept de klas.

'Het gaat jullie niet lukken!' roept de man. 'Dyslexia is te dom voor woorden! Letterlijk!'

'Nee! Dat is ze niet!' roept Evantia.

Hé, Evantia is terug!

'Ze is een held!' roept Vik.

'Ja! Ze is de beste!' gilt Kim.

'De enige die ons kan redden!' roept Riff. 'Zeg je naam, Lexie!'

Ik kijk naar mijn borst. Naar de letter D. Dan kijk ik naar buiten. Naar de vijand, die staat voor alles wat ik eng vind. Lange woorden, lachende mensen, lezen... 'Iwk bwen...' begin ik. Praten is moeilijk met krijt in je mond.

Iedereen kijkt me aan.

'Dyslexia!' roep ik. Dat woord kun je gek genoeg wel goed uitspreken met iets tussen je tanden.

Het lokaal ontploft. Niet door een wapen. Maar door gejuich, gelach en geklap.

'Nou, Dyslexia...' De stem van de man lijkt nog harder. 'Dat kan wel zo zijn, maar jullie hebben nog altijd mijn naam niet helemaal uitgesproken. Hij haalt de trekker van zijn wapen over. Er schiet een vlam de lucht in.

'EEN VLAMMENWERPER!' schreeuwt Kim.

De vijand richt het wapen op mij. 'Dit is het einde van...' Zijn woorden gaan over in een hoestbui.

Ik teken gauw ronde bolletjes met stekels op de muur. Dan spuug ik het krijtje uit. 'Coniosis is een ziekte!' roep ik. 'Zijn naam is ook een ziekte. Het is een heel lastig woord. Dat jullie nu kunnen uitspreken!'

'Pneumono,' begint iemand.

'Ultra...'

'Microscopic...'

'Silico...'

'Volcano...'

'Coniosis!' sluit ik af.

'STOP!' roept de man.

'HELEMAAL, ALLEMAAL!' schreeuw ik. Ik heb nog nooit zo'n luide stem gehad.

'Pneumonoultramicroscopicsilicovolcanoconiosis!
Pneumonoultramicroscopicsilicovolcanoconiosis!
Pneumonoultramicroscopicsilicovolcanoconiosis!'

We roepen het in koor. Hard, stevig en vol zelfvertrouwen.

De vijand begint te trillen. Er komt rook uit zijn pak. Zoveel dat hij al snel niet meer te zien is. Dan klinkt er een gigantische krijs. De rookwolk vult het hele schoolplein.

Als het eenmaal stil is, trekt ook de rook weg.

Weg.

Hij is weg!

Hij ís niet, hij wás.

'Pneumonoultramicroscopicsilicovolcanoconiosis is weg!' roept Philippe.

Hé, Philippe is terug.

Ik kijk rond. Digibord, raamkozijn, tafeltjes – alles is terug. Mijn handen en voeten? Terug!

Kim wijst naar me. Meestal vind ik dat vervelend, nu niet. 'Dyslexia heeft ons gered,' zegt ze. 'Dyslexia! Dyslexia!' roept ze.

De rest valt haar bij. Stefan en Bobbie pakken mijn benen en tillen me de lucht in. 'Dyslexia! Dyslexia! Dyslexia! Dyslexia!'

Ik sluit mijn ogen. Nee, ik doe ze weer open. Deze film hoef ik niet in mijn hoofd te zien. Deze speelt zich hier af. En hier wil ik zijn.

FANTASTISCH

(ALS JE FANTASIE IS UITGEKOMEN)

'Eh, Lexie,' zegt juf Juliëtte. 'Wat is er allemaal aan de hand?'

De juf is ook terug! Mijn klasgenoten zetten me neer op de grond.

'Nou, eh...' Hoe ga ik dit uitleggen?

Riff helpt me. 'Het is maandag, juf,' zegt hij. 'Lexie heeft haar spreekbeurt net gehouden.'

Juf Juliëtte kijkt in haar agenda. 'O ja, ik zie het. Je spreekbeurt.'

'Eigenlijk was het meer een beeldbeurt, juf,' zeg ik. 'Vandaar deze tekeningen.'

De juf kijkt naar de muur vol tekeningen. 'Juist. En... eh, waar ging het over?'

'Over een superheld!' roept Kim.

'Ach, ja,' zegt de juf. Ze is nog altijd een beetje in verwarring. 'En hoe ging het?'

'Goed!' roept Stefan. 'Ze krijgt een tien.'

'Ja!' roept Bobbie.

'Een tien plus!' roept Evantia.

Riff komt naast me staan. 'Kom mee,' fluistert hij.

Ik knik. De juf heeft niet door dat we naar de deur lopen.

'We willen een dictee!' hoor ik Vik roepen.

'Pardon?' zegt de juf verbaasd. 'Oké, goed. Eh...' Ze loopt naar het digibord om daar iets op te schrijven.

'Nee, juf,' zegt Kim. 'U krijgt een dictee.'

'Ik?'

'Ja! Het is een dictee van maar één woord.'

'Welk woord?'

Terwijl Riff en ik de gang op lopen, roept de klas: 'Pneumonoultramicroscopicsilicovolcanoconiosis!'

Daar geeft hij me een knuffel. 'Je hebt het zo goed gedaan,' fluistert hij in mijn oor.

'Jij ook.'

'Kom,' zegt Riff. Hij pakt mijn hand. We rennen door de gangen, de school uit en langs de fietsenstalling.

'Hij kan niet ver zijn,' zegt Riff.

'Ik hoop het niet. Zonder hem was het nooit gelukt.'

Als we de hoek van de stalling om rennen, botsen we bijna tegen iets aan.

De maanbuggy. Het voertuig van de vijand. Met een oude man erin. Hij heeft een astronautenpak aan, maar zijn helm heeft hij afgedaan. Stanley glimlacht als hij ons ziet. 'Ik ben krakkie-moe,' zegt hij zachtjes.

'Gaat het?' Ik klim op de wagen en ga bij hem zitten.

'Een beetje water zou fijn zijn.'

'Ga ik regelen!' Riff rent terug naar school.

Ik doe mijn oogmasker af en dep het voorhoofd van Stanley droog. 'Je was een fantastische vijand.'

'Jij een geweldige held.'

'Je ging wel ver.'

Hij wil lachen, maar er komt gehoest uit zijn mond. 'Ik zit al zo lang alleen thuis, met mijn spullen en boeken. In plaats van een verhaal lezen kon ik deze keer een verhaal beleven. Ik ging er zo in op dat ik misschien iets te veel rookbommen heb afgevuurd.'

'En een vlammenwerper? Serieus?'

'Ik heb je het vuur aan de schenen gelegd,' zegt hij. 'Letterlijk.'

Ik knik. Misschien was het anders ook niet gelukt, bedenk ik. Een echte held ben je pas als alles op het spel staat.

'Is iedereen in orde?' vraagt Stanley. Op zijn gezicht zijn opeens zorgen te lezen.

'Ja,' zeg ik. 'Er is niemand gewond.'

'Dat is fijn. Zelf voel ik me helaas niet zo best. Dat komt door die ziekte, de...'

Hij kijkt me aan. Ik snap nu pas waarom we dat woord hebben gebruikt. Dat woord zit in hem. In zijn lichaam. Het laat hem hoesten en nadenken over nare dingen.

Ik pak zijn handen vast. 'We zeggen het samen. Ik kan het nu ook.' Ik adem in, en dan zeggen we tegelijk: 'Pneumonoultramicroscopicsilicovolcanoconiosis.'

Stanley lacht, zijn snor beweegt vrolijk mee. 'Dank je, Lexie. Is alles en iedereen weer terug?'

'Bijna,' zeg ik.

Riff komt aangerend met een flesje water. Hij geeft het aan Stanley en klimt dan de wagen in. Stanley neemt een grote slok. 'Bijna?' vraagt hij.

'Jij moet nog terug,' zeg ik. 'Je moet rusten.'

'Rusten doe ik als ik dood ben.'

'Snel dus,' zegt Riff.

'Riff!' roep ik boos.

Stanley glimlacht. 'Ja,' zegt hij. 'Ik denk het wel.'

'Kom,' zeg ik. 'Naar Villa Vaanholt.' Ik kijk naar de bediening van de maanbuggy. Er zitten veel knopjes op met moeilijke woorden erboven.

Stanley tikt Riff op zijn arm. 'Een voertuig bedienen is typisch iets voor hulpjes.'

'Krak op!' Riff gaat achter het stuurtje zitten. 'Mag ik rijden?'

'Ja, hoor.' Stanley doet zijn ogen dicht.

Riff draait een sleuteltje om. De maanbuggy komt grommend tot leven.

CUPIDO

(NAAM VAN EEN METEORENZWERM EN EEN BLOOT MANNETJE DAT VOOR LIEFDE ZORGT)

We zijn hortend en stotend naar de villa gereden. Riff had het naar zijn zin, ik vond het eng en werd misselijk en Stanley lag vooral te slapen.

We hebben onze held naar binnen gedragen en in bed gelegd. Toen heb ik warme chocolademelk met veel slagroom voor ons gemaakt.

Riff wilde dolgraag het museum van Stanley zien. Dat mocht. Riff werd gek van blijdschap. Terwijl hij weg was, heb ik nog even met Stanley gekletst.

Ik vroeg hem of hij bang was.

Dat was hij niet.

Ik zei dat ik ook niet meer zo bang ben.

Dat kon hij zien.

Ik vroeg of ik morgen langs mocht komen.

Dat wilde hij heel graag.

Hij viel in slaap.

Riff en ik zijn in stilte naar huis gelopen terwijl het bos steeds donkerder werd.

Die avond liggen we op matjes in de tuin en we staren naar de sterrenhemel. Riff blijft weer troost-tukken, hoewel het niet meer nodig is. We willen allebei Cupido zien, zodat we zeker weten dat de wens voorgoed ongedaan is gemaakt.

'Fijn dat het niet bewolkt is.' Riff kijkt op zijn telefoon. 'Als het goed is, komt Cupido over een paar minuten langs.' Hij draait zich naar me toe. 'Hoe was het?'

'Wat?' Ik blijf naar boven kijken.

'Om een held te zijn?'

'Precies zoals ik het voor me zag.'

'Je was zo kraktoe-cool. Letterlijk.'

'Niet letterlijk,' zeg ik lachend. 'Ik had het bloedheet in dat pak, maar dank je.' Onze pinken raken elkaar aan.

'Die Stanley is wel een bijzonder figuur,' zegt Riff. 'Over die man kun je een heel boek schrijven.'

'Ik niet, maar iemand anders wel.'

'Waarom jij niet?'

'Wat denk je? Ik ben nog altijd zo dyslectisch als een...'

'Dodo? Dino? Drol?'

Ik schiet in de lach.

Hij pakt mijn hand vast. 'Je bent een verhalenverteller, met oneindig veel fantasie.'

Ik draai mijn hoofd naar hem toe. 'Ik zie het wel helemaal voor me.'

'Dat is toch genoeg, het voor je zien? Beelden maken? Dat opschrijven komt later wel. En daar kun je altijd hulp bij vragen.'

Hij heeft gelijk. Zoals altijd.

'Het leven van Stanley Vaanholt, geschreven door Lexie Wiersma,' zeg ik.

'Wacht, ik schrijf het meteen voor je op,' zegt Riff. Hij pakt een opgevouwen blaadje uit zijn zak. 'Heb jij een pen?' vraagt hij.

'Nee.'

'Dan onthou ik het wel.' Hij legt het blaadje tussen ons in.

Ik werp er een blik op. 'Wat is dat?' vraag ik.

'O, van Stanley gekregen. Geen idee waarom. Hij gaf het toen jij warme chocolademelk maakte.'

Ik pak het blaadje en vouw het open.

UITSLAG I.K.-TEST

Verder staat er niets. Het vel papier is leeg. 'Er is geen uitslag,' zeg ik hardop denkend.

'Hm?' vraagt Riff.

'Ik moest een test doen om te bepalen wat mijn talenten zijn.'

'Niks dus.'

Ik denk aan het gesprek dat Stanley en ik voerden toen ik klaar was met de test. Hij heeft me nooit verteld wat de uitslag was. Hij stelde alleen vragen. De juiste vragen.

'Jawel,' zeg ik. 'Er zijn veel dingen die ik goed kan. Dat wist ik wel. Maar ik geloofde er zelf nog niet in. Na de test durfde ik erop te vertrouwen. Hij heeft die eigenschappen niet voorgelezen, ik ben er zelf opgekomen.'

'Raar verhaal,' zegt Riff.

'Dat is dit sowieso.'

'Daar!' roept Riff plots. Hij springt op en wijst.

Ik zie het ook. Er schiet een glinsterend lichtpuntje door de lucht.

'Cupido,' zeg ik. Ik kijk naar Riff. Hij heeft zijn ogen dicht. Zijn lippen bewegen, maar hij zegt niks.

'Riff?'

Hij doet zijn ogen open en kijkt me aan met een ondeugende lach. 'Ja?'

'Je hebt toch geen...?'

Hij giechelt. 'Jawel.'

'Heb je een wens gedaan?!' roep ik.

'Jazeker.'

'Ben je helemaal bekrakt? Heb je nou niets geleerd?'

Riff haalt zijn schouders op.

'Wat heb je gewenst?'

'Zeg ik niet. Maar als hij uitkomt, kun je vanaf morgen niet van me afblijven.'

'Riff!'

'Grapje!' Hij lacht zelf het hardst. 'Kom, tijd om te pitten.' Hij loopt naar het huis.

'Ik hoop maar voor je dat het een grapje is!' roep ik hem dreigend na.

Maar dat zijn zorgen voor morgen. Voor dinsdag.

Dinsdag. Begint met een D.

De D van Dapper.

De D van Durven.

De D van Doorzetten.

De D van Dyslexie.

Van Dys-Lexie-Ja!

LEES MEER VAN KEVIN HASSING

GRATIS NAAR AVONTURENPARK HELLENDOORN OF FAMILIEPARK DRIEVLIET

De Kinderboekenweek zit vol avontuur!

Daarom kun je van
4 oktober t/m 2 november 2025
op vertoon van dit Kinderboekenweekgeschenk
gratis naar Avonturenpark Hellendoorn
of Familiepark Drievliet.

Voor deze actie geldt: één kind t/m 12 jaar
per Kinderboekenweekgeschenk krijgt
gratis toegang tot het park onder begeleiding
van één betalende volwassene
(kaartverkoop uitsluitend aan de kassa).

Ga voor alle voorwaarden naar
kinderboekenweek.nl/pretparkactie
of scan de QR-code.